Ziermenschen

Ein Ratgeber für Kauf, Haltung ´und Zucht

von Dr. Frank Malkusch

Bibliografische Information der Deutschen Nationalbibliothek:
Die Deutsche Nationalbibliothek verzeichnet diese Publikation in der
Deutschen Nationalbibliografie; detaillierte bibliografische Daten sind im
Internet über http://dnb.dnb.de abrufbar.

Lektorat: Dr. Doris Quinten
Herstellung und Verlag: BoD – Books on Demand, Norderstedt

ISBN: 9783752607734

Vorwort

Seit vielen Gezeiten gibt es Menschen auf unserer Erde. Zu den Ziermenschen jedoch, wie wir sie in ihrer verspielten und possierlichen Art lieben und in Terrarien halten, sind sie erst seit einer relativen kurzen Gezeitenspanne durch unsere Auslese und Zucht geworden. Vor dieser Zeit, als die Menschen noch wild lebten, tyrannisierten sie nicht nur alle Bewohner des Trockenlandes, auf dem sie sich (aufgrund ihrer Unfähigkeit, im Wasser zu atmen) hauptsächlich aufhielten. In Schalen aus Holz, Kunststoff und Metall befuhr diese grausame Spezies nicht zuletzt deshalb die Weltmeere, Seen und Flüsse, um auch uns Wasserwesen zu töten. Mit Haken und Netzen zogen sie Milliarden von uns aus dem Wasser in die mörderische Luft, erschlugen sie oder ließen sie elendig ersticken. Sie töteten nicht nur, um zu fressen, was noch zu entschuldigen wäre, sondern oft nur aus reiner Mordlust. Wie um uns zu verhöhnen, nannten sie dieses Morden von der Wasseroberfläche aus Fischen. So scheint es mir, im Gegensatz zu der Meinung vieler Moralisten, nur gerecht, dass wir nun auch sie jagen, doch nicht mehr, um sie zu essen, sondern um durch die possierlichen Ziermenschen etwas Farbe und Abwechslung in unsere oft so stillen Höhlen in den Riffwällen der Meere zu bringen.

Doch vergessen wir dabei niemals die Vergangenheit der Ziermenschen! Auch dann nicht, wenn sie jetzt durch die über viele Generationen erfolgte Bonsaiisierung zu niedlichen Kleinmenschen und damit vergleichsweise harmlos geworden sind. Zu unserer eigenen Sicherheit sollte als Grundsatz gelten:

Ziermenschen gehören nicht in die Flossen Unerfahrener oder nachlässig jedem Modetrend Nachhechtender! Ihre Haltung bedarf viel an Erfahrung, Gezeiteneinsatz und Ausdauer.

Diese kurz gefasste Tangrolle soll der Vermittlung des notwendigen Grundwissens dienen, vorhandenes Wissen vertiefen und Ihnen helfen, Fehler zu vermeiden.

Gegen immer lauter werdende Einwände von Ziermenschenschützern muss hier gleich zu Beginn betont werden, dass nach wie vor auf die Jagd nach den wenigen noch ursprünglichen Menschen auf dem Trockenland nicht verzichtet werden kann, um weitere Neukombinationen dieser Spezies zu ermöglichen und die stark eingeschränkte Lebensdauer der in Terrarien gehaltenen Ziermenschen durch Einkreuzung frischen Blutes zu verlängern. Sämtliche Bestrebungen, von Wildfängen abzusehen, sind beim augenblicklichen Wissensstand, die Art und Erhaltung von Ziermenschen betreffend, als noch verfrüht anzusehen.

Es wurde jedoch im Rat des Großen Fischs beschlossen, ein Gremium zu bilden. Dessen Aufgabe wird sein, Richtlinien auszuarbeiten, nach denen der Fang und die züchterische Veränderung der Wildformen zu erfolgen hat. Dabei werden die Vorschläge der Ethikkommission bezüglich des Ziermenschenschutzes berücksichtigt.

Erste Formulierungsversuche sind im folgenden Text nachzulesen. Für diese notwendig erscheinende Fischisierung der Modalitäten, nach denen mit Ziermenschen bisher verfahren wurde, möchte sich der Verfasser dieser Tangrolle ebenfalls stark machen.

Doch beflosseln wir endlich auch die schönen Seiten einer jeden Zucht:

Was gibt es für einen Anhänger unserer wachsenden Zunft der Ziermenschenzüchter Schöneres, als bei Gezeitenwechsel vom ermüdenden Gezeitenwerk auszuruhen, dabei auf sein Terrarium zu blicken und den lustigen Spielchen, den oftmals skurrilen Einfällen sowie dem alltäglichen Treiben dieser possierlichen Wesen zuzuschauen? Auf jedes noch so aufwändig inszenierte Scheibenflimmern im Wassernetz, da wird mir jeder Züchter beipflichten, wird dafür liebend gerne verzichtet.

Doch bemänteln wir es nicht:

Die Augenblicke entspannender Mußezeit werden mit sehr viel Aufwand erkauft. Ein Terrarium einschließlich seiner Bewohner bedarf viel umsichtiger Pflege und Zeit. Diese Tangrolle soll dazu dienen, nicht nur die nötigen Grundkenntnisse zu vermitteln, sondern auch Achtung vor den Geschöpfen zu lehren, die wir in unsere Obhut genommen haben. Möge die Zucht erfolgreich sein!

TONT, im JAHR 225 des GROSSEN FISCHS.

8

Wildform und Rassen

Ziermenschen in Rassen einzuteilen ist mittlerweile nicht mehr so einfach und auch nicht mehr sinnvoll. Über Generationen hinweg durchgeführte Kreuzungen der ursprünglichen Rassen miteinander haben die wesentlichen, einst deutlich ausgeprägten Merkmale verwischt. Auch hat die zügig fortschreitende Bonsaiisierung der Ziermenschen, durch die eine sinnvolle Haltung überhaupt erst ermöglicht wurde, die einstige Schärfe der Charakteristika abgeschwächt. Es ist eine von keinem Züchter mehr zu bestreitende Tatsache, dass zum jetzigen Zeitpunkt kein einziger Ziermensch mehr reinrassig ist. Dennoch ist es noch immer üblich, von diesen ehemaligen Rassemerkmalen auszugehen, um spezielle Charakteristika einzelner Ziermenschen zu beschreiben.

Über Millionen von Gezeiten war die ursprüngliche Heimat der Ziermenschen das Trockenland oberhalb der Wasserlinie mit seinen unterschiedlich gestalteten Gebieten. Auch, wenn sich der Mensch im Zuge der fortschreitenden Evolution irgendwann zu Urzeiten als Amphibienstamm von unseren gemeinsamen Vorfahren abgespalten und weiter von den Amphibien zu einem reinen Landwesen entwickelt hat, ist sein Ursprung aus dem Wasser nach wie vor an seinem Körper und seiner embryonalen Entwicklung nachvollziehbar.

So ist z.B. das Blut, eine Flüssigkeit, die den gesamten Körper des Menschen durchfließt und ihn mit dem lebensnotwendigen Sauerstoff versorgt, nichts anderes als eine Art Urmeer, das er in sich eingeschlossen und bewahrt hat, um in der mörderischen Lufthülle des Trockenlandes überleben zu können. Die seltsam schlaksigen Gliedmaßen, für uns ein steter Grund zur Belustigung, sind nichts als eine erweiterte Aussprossung unserer Flossen. Selbst Kiemen wurden bei Sektionen von Menschenembryonen nachgewiesen. Sie bilden sich im Laufe der Entwicklung zurück und werden durch Lungen ersetzt, mit denen sich der neugeborene Mensch sofort nach dem Austritt aus dem Mutterleib, wo er über Monde im Fruchtwasser geschwommen ist, dem feindlichen Element Luft stellen kann.

9

Am Ende ihrer für die gesamte Erde mehr als leidvollen Schreckensherrschaft, nachdem es dieser unglücklichen Spezies fast geglückt wäre, nicht nur sich selbst, sondern jegliches Leben auf dem Trockenland und im Wasser auszulöschen, wiesen die Männchen im Durchschnitt eine stattliche Größe von 8 - 10 Goldfischlängen (GL) auf. Die Weibchen waren, wie es auch jetzt noch der Fall ist, in der Regel etwas kleiner. Sie wogen etwa 250 - 500 Goldfischeinheiten (GE), wobei sich die einzelnen Rassen zum Teil sehr stark voneinander unterschieden. Durch die zügig erfolgte Bonsaiisierung sind diese Werte auf ein Fünftel heruntergeschraubt worden und es gibt Bestrebungen, diesen Prozess noch weiter voranzutreiben, um mögliche Gefahren, die Kritiker unserer Zunft immer noch latent in diesen possierlich bunten Dingern versteckt sehen mögen, gänzlich zu bannen. Dennoch denke ich, dass wir mit dem bisher Erreichten zufrieden sein können und dazu übergehen sollten, endlich einen einheitlichen und verbindlichen Ziermenschenstandard (ZMS) zu definieren, um damit weiteren Überzüchtungen, insbesondere den schrecklichen Qualzuchten, vorzubeugen.

Farbvariationen der Haut gab es auch schon bei den Urmenschen in verschiedenster Ausprägung, jedoch noch nicht die farbenprächtigen Pigmentspielereien wie bei unseren Ziermenschen, die jetzt unser Auge beglücken. Die Hautfarbe war damals eines der deutlichsten Rassemerkmale. Sie soll sogar der alleinige Grund dafür gewesen sein, dass einige Rassen von anderen getötet oder missbraucht worden sind. Hier sind wir allerdings auf das nicht sehr deutlich ausgeprägte Erinnerungsvermögen der Ziermenschen angewiesen, das als nicht besonders zuverlässig gilt. Die aufgefundenen und schwierig zu konservierenden Schriftrollen der Urmenschen, die Aufschluss über solche Fragen geben könnten, harren noch größtenteils ihrer Entzifferung.

Neuere Bestrebungen gehen dahin, durch Rückzüchtungen die ehemaligen Farbkomponenten wieder in ihrer einstigen Reinheit zu gewinnen. Natürlich drückt sich dies nur als Phänotypus, also scheinbar, aus, während der Genotypus, die eigentliche reine Erbmasse, erst einmal im stark vermischten Genpool als verloren zu gelten hat. Es genügt, wenn heute unter den bunten, in allen Farben schillernden Varianten an Ziermenschen hin und wieder ein monochromes, also einfarbiges Exemplar auftaucht und unser Auge erfreut. Welches Merkmal Sie auch bei Ihrer Zucht besonders hervorheben möchten, Sie sollten immer darauf achten, die Gesundheit der Einzelexemplare nicht allein der erzielten Schönheit einer reinen Farbgebung unterzuordnen (siehe Qualzucht)!

Prinzipiell ist der schwarze Hauttyp den mehr äquatornahen Gebieten zuzuordnen. Er bildete sich aus, um der dort herrschenden starken Sonneneinstrahlung besser Widerstand bieten zu können. Die Haut hellt umso mehr auf, je weiter sich die einzelnen Horden und Stämme der Urmenschen gegen die Kältepole des Trockenlandes hin angesiedelt hatten. Dazu entstanden auch gelbe und rote Farbmutanten. Ihr Auftreten beschränkte sich nicht nur auf einzelne begrenzte Gebiete; teilweise nahmen diese Erscheinungsformen ganze Kontinente ein. Dieses singuläre Auftreten eines bestimmten Farbtyps wurde durch die Verschiebung der Kontinentalplatten erklärt, die uns die tiefen Meeresspalten schuf.

Noch vor dem Zusammenbruch ihrer Herrschaft auf dem Trockenland vermischten sich die einzelnen Farbvarianten untereinander, so dass wir heute womöglich nur das in der Zucht fortsetzen, was die Urmenschen schon damals begonnen hatten.

Die fast auf null geschrumpften Bestände der noch existierenden Wildmenschen scheinen sich, nicht zuletzt durch die Interventionen von Trockenlandschutzorganisationen, über die letzten Hundert Mondfolgen hin wieder etwas erholt zu haben. Dennoch erfolgen nach wie vor ertragreiche Abmenschungen, um die schnell verbrauchten Bestände unter Wasser stetig neu aufzustocken. Forderungen, über Wasser Reservate zu schaffen, wurde damit begegnet, dass bisher noch genügend Material vorhanden sei, ehe an eine solche Kolonialisierung gedacht werden sollte. So schätzt man die Bestände der Wildmenschen über Wasser derzeit wieder auf etliche Millionen. Es gibt genügend warnende Stimmen, die die absolute Ausrottung der Wildform der Spezies Mensch verlangen, ehe für uns aus den wachsenden Beständen eine erneute Gefahr entstehen könnte. Die wenige Literatur der damaligen Riesenmenschen, die wir bisher entschlüsseln

11

konnten, erzählt von großen Auseinandersetzungen zwischen ihnen. War zwar der früher einmal weit verbreitete Kannibalismus unter den Ziermenschen eingedämmt und trat nur noch in pathologischen Einzelfällen auf, so wurde doch, so aberwitzig uns das auch anmutet, allein auf Grund der Hautfarbe und anderer, für uns nicht nachvollziehbarer Kriterien, schier wahllos und grausam untereinander getötet. Je dunkler die Hautfarbe, desto minderwertiger: So lautete wohl dieses eigenwillige Gesetz. Es wird berichtet, dass ein großes Volk, das durch eine rote Hautfarbe kennzeichnet war, allein wegen dieser roten Färbung fast vollständig von der dominierenden weißen Rasse ausgelöscht wurde. Vorstellungen über die Herkunft der Menschen, die sich in besonderen Riten darstellten, dienten ebenso als Grund, sich gegenseitig, zum Teil millionenfach, zu töten. Kriege und Massentötungen überzogen ganze Kontinente, wobei nicht einmal Nachzuchten verschont blieben. Die Sieger solcher Auseinandersetzungen unterjochten und versklavten die jeweils Unterlegenen.

Abbildungen aus jenen Zeiten flosseln eine schreckliche Sprache und sollten jenen gezeigt werden, die sich gegen unsere nach strengen Planvorgaben erfolgenden Abmenschungen empören.

Sicherlich führten die großen Abschlachtungen, die mittels Maschinen und chemischer Explosivkräfte sowie Giften jeglicher Art durchgeführt wurden, zu einer Schwächung des Erbmaterials. Unsere Zunft ist dazu aufgerufen, künftig streng darauf zu achten, dass nur einwandfreies und gesundes Genmaterial zur Zucht verwendet wird. Spezielle aussagekräftige Gentests stehen inzwischen jedem Züchter zur Verfügung.

Da unter Züchtern nach wie vor die Rassemischungen in Prozenten der jeweilig zugrunde liegenden Farbgebung angegeben werden, ist es sinnvoll, zur Orientierung Kurzcharakteristika einzelner Rassen (die in dieser Reinheit nicht mehr existieren!) anzugeben:

Schwarze Farbeinschläge gelten als kindlich verspielt und auf Dauer als gering belastbar. Durch ihre fahrige Art sind sie schwer zu belehren und nicht sehr zu beanspruchen, sondern können zumeist nur als Ausstellungsexemplare gehalten werden, um das Heim zu schmücken. Doch sie sind gut für Nachzuchten geeignet, da sie von der Konstitution her kräftig und plump sind, obwohl auch grazile, sehnige und hoch geschossene Vertreter dieser Art vorkommen: Bei Nachzucht ist darauf zu achten, dass das Höchstmaß von 3 Goldfischlängen nicht überschritten wird, da sonst die Merzung durch den Zuchtwart erfolgt! Schnell aufbrausend und ihren Gefühlen freien Lauf lassend, sollte in ihrer Nähe stets ein Vaporisierer zur Dämpfung der überschießenden Emotionen zum Einsatz bereit stehen. Doch ihre lustigen Einfälle bezaubern jede Höhle und ihre eintönigen Gesänge, oftmals durch Beklopfen von Muscheln oder hohlen Tangholmen begleitet, sind allgemein beliebt genug, um ihre Nachteile in Kauf zu nehmen. Sie gelten als leicht und gut vermehrbar und werden daher auch als der Humus unter den Ziermenschen bezeichnet, der jeder gesunden Ziermenschen-Mischung wenigstens zu einem Teil zu Grunde liegen sollte. Die Haarfarbe ist oft schwarz, das Haar auffallend kraus.

Im krassen Gegensatz dazu steht der **weiße**, manchmal nahezu durchsichtige, früher dominierende Hauttypus, oft vergesellschaftet mit ebenso weißem oder gelbem, oftmals glattem, dünnem Haar und, auf Grund einer Farbmutante, blauer Augen. Der Aussage "Je weißer, desto dümmer" wird von Seiten des Rassezuchtmenschenverbandes (RZMV) heftig widersprochen.
Die weißen Exemplare neigen zu körperlicher Hypertrophie, so dass hier immer zurückgekreuzt werden sollte, um die Bonsaiisierung nicht zu gefährden und der sonst drohenden Entsorgung wegen Übergröße (maximal 3 GL!) zu entgehen. Bei Zuchten mit zu kleinen Exemplaren kann der weiße Typus als Großmacher ab und zu ausgleichend wirken.

Ein **gelber** Farbtypus wird gerne in den Trockenlagern unserer Außenwelt als Arbeitswesen beschäftigt, da er als unermüdlich und zuverlässiger als Putzkrabben in der Ausführung der anfallenden Arbeiten gilt. Zudem ist dieser Typus klein, wendig und in der Versorgung sehr einfach zu halten. Auch mit karg bemessenen Vorräten kann er über lange Zeit am Leben gehalten werden, ohne dass größere Ausfälle auftreten. Die Intelligenz wird als messerscharf angegeben. Eine gewisse Isolierung ist dabei von anderen

13

Farbtypen der Ziermenschen zu beobachten und auch ein gewisser Hang zur Grausamkeit wird ihm nachgesagt, so dass hin und wieder vermehrt Zwangssterilisationen in den Arbeitskolonien stattfinden mussten. Größere Gruppierungen neigen zu Abspaltungsbewegungen mit gegenseitiger Unterdrückung anders Gearteter. Hier muss rechtzeitig durch eine klug durchgeführte Vermischung oder Splitterung der Gruppen vorgebeugt werden. Bei drohender Verfettung einer Zucht sowie als Kleinmacher bei überschießendem Längenwachstum in der Generationenfolge wird dieser Typ gern eingesetzt.

Doch als der Kleinmacher schlechthin wird der **braune** Typ in Fachkreisen bezeichnet, da er schmächtig ausfällt und bei dem Bonsaiisierungsprozess schnell günstige Resultate aufweist. Sein Naturell ist ausgewogen, freundlich und beschaulich, dabei allerdings oftmals zu einer gewissen Lethargie neigend. Er gilt als ebenso ausdauernd wie sein gelber Vertreter und soll dabei sogar noch leidensfähiger sein. Gerne greift man bei Probebohrungen für neue Luftansauganlagen in Kliffnähe zur Versorgung der UWT (Unterwasserterrarien), bei denen es häufiger zu Verletzungen kommt, auf diesen Typus zurück. Pflegeleicht und anpassungsfähig wie er ist, darf auf diesen Typus auch nicht bei der Zucht der in ihrem Pigment bunt schillernden Ziermenschen verzichtet werden. Die Gefahr, Suizidanten (auch als Klippenspringer oder Poolwegdrifter bezeichnet) zu züchten, kann bei Einkreuzung mit einem braunen Farbtypus verringt werden. Suizidanten gefährden jede Zucht. Ihr Verhalten ist ansteckend, wodurch schon ganze Bestände ausgelöscht wurden.

Soziales Verhalten

Paarung

Nichts ist aufregender, als einer Paarung von Ziermenschen zuschauen zu können. Hier werden Sie unvergessliche Eindrücke gewinnen und es wird

Ihnen eine Freude sein, bei Auftreten der ersten Anzeichen dieses Ereignisses Ihre Freunde und Bekannte zu sich in Ihre traute Höhle einzuladen.

Die Paarung dürfte, neben der Geburt und den Trauerriten, einer der Höhepunkte jeder Zuchtschau sein. Doch denken Sie daran, dass Ziermenschen leider oft die dafür von Ihnen vorhergesehenen und gut einsehbaren Orte verschmähen. Sie suchen sich gerne Verstecke, um dort einer größeren Heimlichkeit zu frönen. Stellen Sie daher das Terrarium nicht mit unübersichtlichen Gerätschaften und Trennwänden voll, die Ihnen die Sicht rauben! Unterlassen Sie während der Paarung möglichst jedes störende Geräusch und bitten Sie auch Ihre Gäste, während des Vorganges nicht gegen die Scheiben zu klopfen oder Futter ins Terrarium zu werfen.

Das rührige Ritual der Paarung findet bei manchen Ziermenschen nur alle Mondwechsel, bei anderen indes nahezu bei jedem Gezeitenwechsel statt. Auch wenn es bestimmte bewährte Standardausführungen einzelner Stellungen gibt, die dabei eingenommen werden, überrascht Sie ein gut aufeinander eingespieltes Pärchen nicht selten mit immer neuen Variationen. Haben Sie sich hingegen ein träges, zur Verfettung neigendes Pärchen herangezüchtet, müssen Sie

unter Umständen lange ausharren, bis sich die beiden endlich einander zuwenden. Ein impulsiv stürmisches Paar wird sich hingegen binnen weniger Augenblicke die Tangblätter vom Leib reißen, ohne darauf Acht zu geben, wie viel Besucher Sie zu dem Schauspiel eingeladen haben, so dass die Aktion manchmal schon vorbei sein kann, ehe sich alle Ihre Gäste eingefunden haben. Beachten Sie daher die folgenden Tipps:

1. Gewöhnen Sie Ihre Ziermenschen daran, auch bei angeschaltetem, nur leicht gedämpftem Licht zu schlafen. Dann wird Ihnen seltener etwas von deren körperlichen Aktivitäten verborgen bleiben.

2. Füttern Sie stets ausgewogen, aber nicht zu üppig. Lieber kleinere, aber pro Gezeit zweimal angebotene Portionen verabreichen. Dadurch wird der Verfettung und Trägheit vorgebeugt.

3. Achten Sie auf die Stimmigkeit unter den Pärchen. Nicht jedes Weibchen findet das ihr zugesprochene Männchen auch attraktiv und

umgekehrt. Ein rechtzeitiger Austausch eines unpassenden Partners kann hier durchaus stimulierend wirken.

4. Decken Sie die Terrarien ausschließlich mit durchsichtigen Platten ab. Schließlich haben Sie ein Anrecht darauf und zugleich die Pflicht, jederzeit alle Vorgänge im Terrarium verfolgen zu können.

5. Stellen Sie das Terrarium nicht unnötig mit Gegenständen voll, die dann in entscheidenden Augenblicken Ihre Sicht behindern.

6. Lassen Sie Ihren Ziermenschen Zeit, sich einander anzunähern. Beeinflussen Sie das Geschehen nicht durch auffallende Gesten. Verwenden Sie keine beleuchteten Schautafeln in Lebensgröße, wie sie im Fachhandel angeboten werden.

Die Paarung selbst geht manchmal erschreckend wild einher. Bleiben Sie ruhig, vermeiden Sie und Ihre Gäste ruckartige Bewegungen, wirbeln Sie keinerlei Sand oder Schlamm auf und versuchen Sie vor allem nicht (aus Angst, Ihre Ziermenschen könnten sich gegenseitig verletzen), sie durch Güsse mit kaltem Wasser auseinander zu treiben! Nicht mehr abheilende Verletzungen des Geschlechtssporns sowie eine anhaltende Deckunlust könnten Folgen davon sein!

Blutungen des Weibchens aus der Geschlechtsspalte treten wiederkehrend zu bestimmten Mondphasen auf und bedürfen in der Regel keiner Behandlung.

Manche Begattungen verlaufen so still oder auch so schnell, dass sie vorbei ist, ehe Sie überhaupt bemerkt haben, was vor sich geht. Sinnvoll ist es, den Akt aufzunehmen, um durch wiederholtes Anschauen keine Einzelheiten zu übersehen sowie ihn über das Wassernetz auch anderen Neugierigen zugänglich machen zu können.

Das Ziel jeder Paarung ist es, den männlichen Sporn in die weibliche Öffnung zu versenken und durch reibende sowie hin und her schiebende Bewegungen der Körper den Samenerguss hervorzurufen. Der Sporn schwillt dazu an. Die Körper legen sich dicht aneinander oder auch aufeinander. Rufe, Schreie, Schlagen, Beißen und Spucken wie auch spontanes Urinieren oder Defäkieren können, müssen aber nicht Begleiterscheinung sein. Lachen wie auch Weinen ist möglich. Verfolgen Sie die eingenommenen Stellungen,

16

deren Variationen sowie die Häufigkeit des Samenergusses und tragen Sie diese Beobachtungen in Ihr Zuchtbuch ein. Sie sind wichtig für den vom Zuchtwart zu erstellenden Leistungsindex.

Geben Sie Ihren Ziermenschen nach der Paarung stets die Möglichkeit, sich gründlich zu säubern. Art, Dauer und Intensität des Deckaktes hängen vom Temperament, von Rasse, Alter, Altersunterschied, Gesundheitszustand, Haltungsbedingungen und der Ernährung Ihrer Ziermenschen ab. Ebenso beeinflussen die Lichteinstrahlqualität, die Dauer der Bestrahlung, Luftfeuchtigkeit, Temperatur und andere Parameter, die in den folgenden Kapiteln noch im Einzelnen besprochen werden, den Leistungsindex.

Leider führt die Begattung nur sehr selten zur Befruchtung, da Ziermenschen-Weibchen während des gesamten den Mondphasen folgenden Zyklus sexuell stimulierbar sind. Befruchtungsfähig sind sie jedoch nur, wenn sich ein Ei aus dem Vorratsstock im Körperinneren löst und in die im Bauchraum gelegene Bruthöhle wandert.

Die Kontrolle des Zyklusstandes eines Weibchens zur Bestimmung des günstigsten Deckzeitpunktes sollte sehr diskret (am besten, während das Weibchen schläft) erfolgen. Dazu werden von Putzkrabben mit stumpfen Scheren Schleimproben aus der Scheide entnommen und anhand der Beschaffenheit des Sekretes der Zyklusstand bestimmt.

Geburt

Die Brut, meistens ein bis vier Jungmenschen, bleibt über vier Mondphasen im Bauch der Mutter. Der Bauchumfang des Weibchens verdoppelt bis verdreifacht sich, bis die Geburt schließlich eintritt. Ziermenschen sind lebend gebärend. Die Brut ist erstaunlich unterentwickelt und alleine nicht lebensfähig, wenn sie auf die Welt kommt.

Die Geburt ist wie die Paarung ein Ereignis, zu dem Sie gerne als dramatischen Höhepunkt einer jeden Zucht Gäste einladen können. Doch im Gegensatz zur Paarung haben Sie sich in der Regel etwas länger zu gedulden, denn manche Geburten ziehen sich sogar über Gezeiten hin. Selten nur verläuft das Geschehen explosionsartig binnen weniger Augenblicke.

Bereiten Sie Ihre Gäste darauf vor, dass manche Weibchen bei der Geburt verenden. Achten Sie dann darauf, ob die Brut selbst noch zu retten ist und schieben Sie sie sogleich einer dafür vorgesehenen Amme unter. Bei Problemen in der Austreibungsphase der Geburt sollten Sie nicht zu lange warten und baldmöglichst einen Ziermenschenarzt hinzuziehen. In vielen Fällen ist die wertvolle Brut dann noch durch einen Kaiserschnitt zu retten. Das Weibchen sollte nach einer Geburtskomplikation, sofern es nicht bereits verendet ist, schmerzlos eingeschläfert werden, denn für die weitere Zucht ist ein solches Weibchen unrentabel. Entfernen Sie den Kadaver, auch die einer eventuell abgestorbenen Brut, möglichst bald aus dem Terrarium. Schaffen Sie in Folge schnell einen Weibchenersatz, um keine schlechte Stimmung im Terrarium aufkommen zu lassen.

Die Brut wird die erste Zeit an den Zitzen der Mutter oder einer Amme gesäugt. Stellen Sie getrocknetes und feinfaseriges Tangmaterial zur Reinigung der immer wieder Kot und Urin ausscheidenden Jungmenschen bereit. Achten Sie die erste Zeit der Aufzucht (30 - 50 Gezeiten) auf leicht erhöhte Temperaturen im Terrarium, da die nackte Brut sehr kälteempfindlich ist, oder stellen Sie Tangdecken für sie bereit.

Aufzucht

Ziermenschen gelten normalerweise als liebevolle Elterntiere. Da Geburten ein im Leben eines Pärchens eher seltenes Ereignis sind und ein Weibchen maximal 8 bis 10 Junge im Laufe ihrer aktiven Reproduktionszeit auf die Welt bringt, wird in der Regel viel Mühe auf die Aufzucht verwendet. Eine plötzlich verendete Brut lässt eher auf Nachlässigkeit in der Terrariumsführung und schwere Haltungsfehler schließen, als auf eine durch das Paar selbst hervorgerufene Störung, obwohl auch dies vereinzelt vorkommen mag. Dass eine Brut nicht angenommen wird, passiert nur, wenn das Weibchen krank oder von der Geburt her zu geschwächt ist. In einem solchen Fall sollte die Brut rechtzeitig in eine Ziermenschen-Handlung gebracht und dort einer Amme übergeben werden. Von Tötungen der eigenen Brut aus rituellen oder kannibalistischen Gründen wird zwar berichtet, kann jedoch aus eigenen Erfahrungen bisher nicht bestätigt werden. Zuchtwartdokumentationen zu diesem Thema zeigten eindeutig, dass die Schuld für das Absterben der Brut stets eindeutig dem fahrlässigen Verhaltens des Terrariumsbetreibers zur Last gelegt werden konnte. Sorgen Sie dafür, dass immer optimale Ausgangsbedingungen vorliegen, und Sie werden sehen, dass auch Ihre Zucht gelingen und in der Farbenpracht neuer Pigmentmischungen erstrahlen wird!

Trotz fortschreitender Bonsaiisierung und zahlreichen Kreuzungsversuchen mit Hinblick auf die Tragezeit und Aufzuchtsdauer konnte dies bisher nur um etwa die Hälfte der Zeitdauer vermindert werden. Hier gibt es noch viel zu tun!

Rechnen Sie 50 bis 60 Mondphasen, bis die Jungmenschen eigenständig und geschlechtsreif sind. Die Aufzucht ist mühevoll. Das Weibchen ist während dieser Zeit, vor allem während der ersten Dutzend Mondphasen, sehr verändert und zurückgezogen. Es wird vermutet, dass dies auf den in der ersten Zeit überdimensionierten Muttertrieb zurückzuführen ist.

Dennoch sollten Weibchen sehr schnell nach einer Geburt wieder gedeckt werden, um die angestrebten Zuchterfolge durch eine schnellere Generationenfolge zu optimieren.

Sorgen Sie während der Trage- und Aufzuchtszeit für großzügige und ausgewogene Nahrungsrationen! Täglich frisch aufgefüllte Muschelschalen mit Wasser sollten eine Selbstverständlichkeit sein!

Trennen Sie die Aufzucht nicht zu früh von der Mutter! Ziermenschen lieben es, die ersten paar Dutzend Mondphasen in Kleinfamilien beieinander zu hocken und trauern bei zu früh erfolgter Trennung. Das kann bis hin zur Futterverweigerung und Minderung der Abwehrkräfte führen. Vermehrte Anfälligkeit für Krankheiten, Schimmel, Verletzungsgefahr sowie frühzeitiger Tod sind Folgen einer zu frühen Trennung. In diesem Zusammenhang werden nicht selten spontane Todesfälle (Suizidanten), wie auch zum Teil nicht mehr ausheilende psychische Erkrankungen gesehen. Wie traurig ist es dann für einen Züchter, hochwertiges Zuchtmaterial wegen solcher oftmals irreparablen Störungen entsorgen zu müssen!

19

Familie

Achten Sie beim Kauf neuer Ziermenschen darauf, dass Sie nicht unnötig noch bestehende Familienbande, sofern sie nicht schon zuvor während der Quarantänezeit zerrissen worden sind, zerstören. Ziermenschen sind in der Regel Gesellschaftswesen, die in Einzelhaltung schnell kümmern und Ihnen unter der Flosse aus Einsamkeit auch eingehen können. Die beim Kauf anfangs so prächtigen Farben verblassen schnell. Nach gar nicht langer Zeit haben Sie nur noch ein kränkelndes und unansehnliches Exemplar, das sich in eine Ecke des Terrariums verzieht und eingeht.

Ebenso sollten Sie auch keine streitenden Ziermenschen sofort voneinander trennen. Nur, wenn dabei ernsthafte Verletzungsgefahr besteht oder das Leben Ihrer Zucht durch wütende oder rasende Ziermenschen in Gefahr ist, sollten Sie, gegebenenfalls mit aller Härte (Kastration, Entsorgung), einschreiten. Überlegen Sie dann aber auch, ob nicht negative Faktoren wie schlechte Haltungs- oder Ernährungsbedingungen Schuld an den missliebigen Zuständen sein könnten.

Manche Ziermenschen lieben es, Schaukämpfe auszutragen, die oftmals ernster aussehen, als sie in Wirklichkeit sind. Meist tritt von selbst wieder Ruhe ein, sobald der Kampf entschieden ist. Eine Mördermuschelschale Wasser, über die Kombattanten geschüttet, wirkt oft Wunder, falls sich die Gegner ineinander verbeißen sollten. Selbst wenn bei einem Schaukampf ernste Verletzungen aufgetreten sind, ist es nach einiger Zeit wieder möglich, die Kämpfer erneut zusammenzusetzen, ohne dass abermals Aggressionen aufflammen. Sollten weiter Probleme bestehen bleiben, können Sie rückfälligen Ziermenschen als Druckmittel das Futter für einige Zeit entziehen. Diese Maßnahme hat ihre Wirkung bisher noch nie verfehlt, vorausgesetzt, sie wird über einige Gezeiten durchgehalten.

Eine Familie ist eine in sich geschlossene Einheit aus einem Elternpaar und ihren zumeist leibeigenen oder von getöteten Paaren übrig gebliebenen Nachkommen. Je nach Herkunft Ihrer Ziermenschen fühlen sie sich entweder in einer Kleinfamilie mit nur zwei bis acht Nachkommen oder in einer

Großfamilie mit Brüdern und Schwestern der Elterntiere sowie deren Anhang mit bis zu zwanzig und mehr Köpfen wohl.

Die Haltung einer mit den Gezeiten zunehmend ausufernden Horde verlangt natürlich entsprechende Kenntnisse und vor allem - viel Platz! Bei den handelsüblichen Terrarien sollten Sie die Anzahl Ihrer Ziermenschen beschränken, denn dies bedeutet in der Regel mehr Übersicht und erheblich weniger Arbeit. Achten Sie beim Kauf darauf, dass dem Pärchen kein fremdes Junges gegen ihren Willen untergeschoben wird. Es besteht die Gefahr, dass diese ungewollte Brut nicht angenommen wird und verhungert. Sollten die familiären Bande bereits im Handel zerstört worden sein, gehen Sie am besten kein Risiko durch künstliche Zusammenlegungen ein, sondern bauen Sie sich nach und nach eine eigene Zucht nach Ihren Vorstellungen auf. Planen Sie sorgfältig bei der Auswahl der Farbkomponenten! Scheuen Sie dabei nicht die Kosten einer Beratung, wenn Ihnen die Zusammenstellungen, die in den Musterkatalogen angepriesen werden, nicht zusagen sollten! Es nützt Ihnen nichts, allein der Schönheit halber einfarbige Ziermenschen zusammenzuführen, wenn diese sich nicht verstehen und deshalb keine Annäherung und Paarung erfolgt.

Bei erfolgreicher Verpaarung und Nachzucht bleiben die Familienverbände oft über das ganze Lebensalter der Ziermenschen bzw. über die Lebenszeit, die Sie Ihnen zubilligen, hinweg bestehen. Selbst dann noch, wenn das reproduktionsfähige Alter überschritten ist (obwohl Züchter sich diesen Luxus kaum leisten, unnötige Fresser noch weiter zu erhalten), bleiben "alte" Paare unter Umständen weiter beieinander.

Wenn Sie es sich finanziell leisten können, sollten Sie sich durchaus einmal gönnen, ein alt gewordenes Ziermenschen-Paar in der Horde zu belassen. Auch wenn die Farben verblasst sind, werden Sie dadurch eine genauere Einsicht in die Struktur der Beziehungen von Ziermenschen untereinander erhalten.

Riten

Mit fortschreitender Züchtung auf äußere Merkmale (z.B. Farben) hat sich das Gehirn von Ziermenschen und damit auch ihre Gedächtnisleistungen teilweise stark zurückgebildet. Viele Ausdrucksformen einer alten, einst wohl einmal vermutlich hoch stehenden Kultur sind nur noch andeutungsweise vorhanden. Auch Riten werden nur noch in sehr verkümmerter Form praktiziert. Dennoch sollte jeder Züchter die entsprechenden Handlungsabläufe deuten können, um nicht angesichts der scheinbar bedrohlich oder unsinnig wirkenden Gesten seiner Ziermenschen zu falschen Schlüssen und Handlungen verführt zu werden.

Ermuntern Sie Ihre Ziermenschen dazu, alte Bräuche zu pflegen! Auch, wenn Sie dabei Gefahr laufen, nicht immer wirkliche Folklore, sondern neu aus der Phantasie heraus geborene Aktionen vorgesetzt zu bekommen. Als Spektakel ist es immer sehenswert und verschafft Ihnen nicht nur unverhoffte Einblicke in die oftmals verschlungenen regen Fantasievorstellungen Ihrer Ziermenschen, sondern bietet auch Ihren Gästen ein unvergessliches Schauspiel.

Das Gedächtnis der Ziermenschen scheint, wie schon erwähnt, einer recht progressiv fortschreitenden Rückentwicklung zu unterliegen, dem Sie, als verantwortlicher Züchter, bei der Definition Ihres Zuchtziels einen deutlichen Riegel vorschieben sollten.

Bisher ist dieser negativen Entwicklung leider nur wenig Bedeutung zugemessen worden. Daher sollte sich jeder Züchter überlegen, wie er persönlich durch Anregung, Aufstockung und Abwechslung im angebotenen Genpool dazu beitragen kann, den Erhalt oder auch die Neuentwicklung einer eigenständigen Kultur von Ziermenschen zu sichern.

Was aber können Ziermenschen im Hinblick auf Riten nun wirklich bieten? Nachfolgende Kapitel geben Ihnen einen kleinen Einblick:

Die Urmenschen liebten es, sich zu ihren Riten zu verkleiden. Die Ziermenschen-Verhaltensforschung konnte einige Gründe für Veranstaltung von Festlichkeiten herausfinden:

Nach einer **Geburt** wird der neue, noch winzige Ziermensch in helle und bauschige Stoffe gekleidet und einer Gemeinschaft durch Bespritzen mit Wasser zugeführt (wahrscheinlich ein Symbol für den ursprünglichen Exodus

22

aus dem Wasser an Land). In manchen Gruppierungen wird er alternativ dazu an den Fortpflanzungsorganen beschnitten. Mit dem dabei vergossenen Blut ordnete er sich symbolisch den jeweiligen, uns indes nach wie vor völlig unverständlichen Regeln der Gemeinschaft unter. Allerdings ist das Beschneiden aus hygienischer Sicht bei der Haltung von Ziermenschen in Terrarien nicht ganz unproblematisch. Wenn Sie ein solches Verhalten bemerken, sollten Sie für absolute Sauberkeit sorgen, um Wundinfektionen vorzubeugen.

Die **Hochzeit** war und ist, so haben unsere Forscher herausgefunden, die offizielle Bestätigung der Vereinigung eines weiblichen und männlichen Ziermenschen zwecks Gründung einer Kleinfamilie. Je nach Herkunft wurde auch dieses Ereignis in unterschiedlicher, aber auf jeden Fall sehr festlicher Bekleidung gefeiert. Die Teilnehmer des Festes geben sich dabei sehr fröhlich. Nicht selten wird das Weibchen von anderen Teilnehmern des Festes dem Männchen heimlich entwendet und versteckt. Greifen Sie in einem solchen Fall nicht ein. Die Horde regelt das normalerweise unter sich. Am Ende tanzen alle Beteiligten ausgelassen und variationsreich, bis sich die beiden Vermählten (so nannte man das) zurückziehen und paaren. Sie können also am Tag einer Hochzeit ruhig Gäste einladen. Es ist fast sicher, dass Sie ein spannendes Paarungserlebnis erwartet.

Nach dem Eingehen eines Ziermenschen wird dieser von der Horde entweder vergraben oder verbrannt. Dieses Ritual wird auch **Beerdigung** genannt. Eine Verbrennung sollten Sie unbedingt verhindern, da sich durch den entstehenden Qualm die Luftqualität in einem Terrarium gefährlich verschlechtert. Die Beerdigung oder Verbrennung war ursprünglich eine seuchenhygienische Maßnahme, um eventuell ansteckende Kadaver aus der Gemeinschaft zu entfernen. Stellen Sie Ihren Ziermenschen zum Verscharren des toten Artgenossen eine Kiste mit Sand zur Verfügung. Nach dem Verscharren des Kadavers sitzt die Horde noch einige Zeit zusammen und frisst. Tränen fließen bei diesem Ereignis sehr ausgiebig, was für empfindsame Beobachter eine starke Belastung bedeuten kann. Jungfische sollten einem Beerdigungsritual nicht zuschauen.

Werfen Sie die Sandkiste mit dem verscharrten Kadaver nicht sogleich weg, sondern lassen Sie sie bis zu zwei Gezeiten im Terrarium, damit der Tote betrauert werden kann. In dieser Zeit sieht man die Ziermenschen häufig an der Sandkiste stehen und den Mund bewegen. Manchmal werden auch bunte Pflanzenteile auf den Sand gelegt. Nach einer gewissen Zeit, ehe der Verwesungsgestank aus der Kiste unerträglich wird, lassen Sie sie durch die Putzkrabben entfernen. Ihre Putzkrabben sollten dabei diskret zu Werke gehen, am besten, wenn die Ziermenschen-Horde schläft. Das hilft, unnötigen Auseinandersetzungen oder gar Revolten vorzubeugen.

Bei den meisten Festen und Ritualen spielt Musik eine wichtige Rolle. Es wird nicht nur gesungen und getanzt, auch Zupf-, Schlag- und Blasinstrumente kommen, je nach Anlass, mit fröhlichen oder traurigen Melodien zum Einsatz. Dieses kulturelle Gut, über viele Generationen gepflegt, droht durch den zuchtbedingten Schwund des Gedächtnisses der Ziermenschen unweigerlich verloren zu gehen. Hier ist viel Basisarbeit zu leisten. Beobachtungen vieler Züchter müssen gesichtet, gesammelt und ausgewertet werden.

Daher die Forderung:

Legen Sie sich mit Beginn Ihrer Zucht eine Tangrolle zu und halten Sie darin chronologisch die jeweiligen Vorkommnisse und Absonderlichkeiten im Leben Ihrer Ziermenschen fest. Geben Sie Ihre Unterlagen an den Zuchtwart weiter, der sie zusammen mit den Erkenntnissen der verschiedenen Zuchtverbände und Ziermenschenverhaltensforscher in einer Datenbank sammelt.

Gefühle und Ziermenschenschutz

Gefühlsregungen von Ziermenschen zu beschreiben, fällt uns schwer, da sie sich doch sehr von uns unterscheiden. Manche Ziermenschen-Verhaltensforscher sprechen den exotischen Wesen die Fähigkeit gänzlich ab, Gefühle zu empfinden. Dem kann ich aufgrund meiner tausende Gezeiten

24

langen Erfahrung nur widersprechen: Ziermenschen haben sehr wohl Gefühle! Achten Sie bei Ihren Ziermenschen nur einmal auf die unterschiedlichen Gesichtsgrimassen, auch Mimik genannt, und versuchen Sie, sie zu interpretieren.

Die wichtigsten Arten an Ziermenschengefühlen, die sich in der Veränderung der Gesichtsmuskulatur ausdrücken, sind **Freude, Ärger, Wut** und **Trauer**. Allerdings ist es nicht immer sicher, ob die sich im Gesicht widerspiegelnden Empfindungen auch wirklich echt sind. Nicht selten werden sie von den Ziermenschen mit bewundernswerter schauspielerischer Fähigkeit nur gespielt. Da wir über eine andere Art von Mimik verfügen, ist es für uns nicht so einfach zu unterscheiden, ob das, was wir im Gesicht unserer Ziermenschen sehen, auch wirklich echt ist oder ob es sich dabei um Schauspielerei handelt. Nur durch Erfahrung kann man sich mit der Zeit einen gewissen Zugang in diese Materie verschaffen.

Vieles in diesem Zusammenhang wurde in den letzten Gezeiten wiederholt beobachtet und katalogisiert. Die Zahl der dokumentierten Fälle war, dank der Mitarbeit vieler engagierter Züchter, ausreichend groß, so dass die daraus hervorgehenden Erkenntnisse durchaus als gesichert zu werten sind:

So kann **Schreien** (weites Öffnen des Mauls und lautes Ausstoßen von einzelnen oder auch zusammenhängenden Tönen) durchaus aus höchster Seelenqual erfolgen, vor allem dann, wenn den schreienden Ziermenschen dabei Wasser aus den Augenwinkeln austritt. Dieser Flüssigkeitsaustritt aus den Augen wird als **Weinen** bezeichnet.

Lachen ist Ausdruck der Freude. Ebenso wie beim Schreien wird das Maul dabei aufgerissen, jedoch die Maulwinkel nach oben gezogen, während sie sich beim Schreien und Weinen mehr nach unten biegen. Werden bei geschlossenem Maul nur die Maulwinkel nach oben geschoben, flosselt fisch von Lächeln. Dabei handelt es sich um eine abgeschwächte Form des Lachens.

Im Zorn kann ebenso laut und unartikuliert geschrien werden, wie fisch es von manchen Paarungsakten her kennt und dort als höchste Lust und Ekstase interpretiert.

25

Die Unterscheidung dieser Gefühle allein anhand der Mimik ist nicht immer möglich, bei Mitberücksichtigung der gesamten Situation jedoch einfacher. Das Gefühl **Trauer** zeigt sich meist durch einen starren Gesichtsausdruck, wobei lediglich bei einigen trauernden Exemplaren die Maulwinkel nach unten gezogen werden. Auch hier kann, ohne oder mit dezenter Lautäußerung, Flüssigkeit aus den Augen austreten (Weinen). Einen oder mehrere trauernde Ziermenschen (z.B. nach dem Tod eines Hordenmitglieds) zu beobachten, ist überaus interessant für jeden passionierten Ziermenschenhalter.

Es kann jedoch durchaus passieren, dass Sie Ziermenschen von deren Geburt bis zu ihrem Tod (oder ihrer Entsorgung) besitzen und niemals eine einzige Träne rollen sehen. Das ist vielleicht für Sie enttäuschend. Lassen Sie sich jedoch nicht dazu verleiten, ihren Schützlingen bewusst Schmerzen oder Leid zuzufügen, nur um auszutesten, wie viel sie aushalten und wann die Grenze zum Tränenfluss durchbrochen ist! Leider wird diese Manipulation bei Zuchtschauen immer häufiger angewandt, um die Vorführungen unterhaltsamer zu gestalten. Geht man jedoch von der These aus, dass Ziermenschen ebenso wie wir über Gefühle verfügen, ist eine solche Vorgehensweise grausam und daher mit Entschiedenheit abzulehnen.

Klar und unmissverständlich ist in diesem Zusammenhang das **Ziermenschenschutzgesetz** formuliert. Es verbietet nicht nur die beschriebenen Manipulationen, sondern auch andere, leider immer noch übliche Praxisgebräuche (wie z.B. das Kastrieren ohne Schmerzmittel oder das Schlachten ohne vorherige Betäubung). Der Gesetzestext wird Ihnen bei jedem Kauf eines Ziermenschen automatisch mitgeliefert und sollte jederzeit einsehbar in der Nähe Ihres Terrariums angebracht sein.

Hier ist die passende Stelle, das Wichtigste daraus anzuführen:

§ 1. Keinem ZM (Ziermenschen) darf ohne vernünftigen Grund Schmerzen, Schaden oder Leid zugefügt werden. Jeder Tod eines ZM ist protokollarisch festzuhalten und über 100 Gezeiten aufzuheben. Alle zugemuteten Entbehrungen unterliegen dem Gesetz der Verhältnismäßigkeit der Mittel.

§ 2. Quälen und Peinigen von ZM, gleich, welcher Art, ist verboten. Dazu gehört auch das Töten, wenn es nicht unabwendbar ist oder der Gewinnung von Lebensmitteln dient. Auch bei diesen Ausnahmefällen ist es stets fachgerecht durchzuführen. Die Tötung ist dann zulässig, wenn dadurch ein nicht behebbares Leiden beendet werden kann.

Unter den Aspekt des Quälens gehören:
- Entzug von Wasser über mehr als 1 Gezeit
- Entzug von Nahrung über mehr als 3 Gezeiten
- Einsperren in abgedunkelten, feuchten oder/und unterkühlten Räumen über mehr als 5 Gezeiten.

§ 3. ZM müssen artgerecht gehalten werden. Ein ZM-Halter muss über das nötige Fachwissen verfügen. ZM-Züchter sollten einer Zuchtorganisation angeschlossen sein. Die Zucht muss durch einen Zuchtwart kontrolliert werden.

Diese wenigen Eckpunkte des Ziermenschenschutzgesetzes sollte jeder Züchter beherzigen. Das Elend, das noch immer in vielen Terrarien herrscht, ist unfischig und ist auch nicht eine einzige Gezeit länger zu tolerieren!

§ 4. Verbot von Qualzuchten
Die Zucht von lebensunfähigen ZM oder solchen, deren Merkmale erhebliche Leiden verursachen, ist verboten.

Um nicht Gefahr zu laufen, die oftmals auf den ersten Blick verlockend bunt schillernden Wesen zu kaufen, die aus reiner Profitgier immer wieder im Handel (oft unter dem Ladentisch) oder im Wassernetz angeboten werden und meist innerhalb kurzer Gezeitenspannen eingehen, sollten Sie einige Formen dieser Qualzuchten kennen:

Walzen
Wer liebt sie nicht, diese Abbildungen von einfarbig schillernden und phosphoreszierend oder glitzernd leuchtenden Ziermenschen, die so hübsch anzuschauen sind? Kaum jemand weiß jedoch, dass diese Wesen taub sind und nur künstlich gefüttert werden können, weil ihr Maul zu einem zahnlosen

starren Loch degeneriert ist! Zudem sind häufig die Extremitäten verkrüppelt oder fehlen gänzlich.

Schönäugler

Es handelt sich um durchsichtige Ziermenschen, deren Organfunktion (wie z.B. Herzschlag und Verdauung) unmittelbar von außen eingesehen werden kann. Dieser fragliche Zuchterfolg wird jedoch durch fehlende Netzhaut und starre Pupillen erkauft, wodurch diese Geschöpfe blind sind. Häufig tritt bereits kurz nach der Geburt ein Darmverschluss auf. Die davon betroffenen Ziermenschen verenden qualvoll durch innerliche Vergiftung aufgrund der sich stauenden Ausscheidungsprodukte. Leider wird die durch das Ziermenschenschutzgesetz gebotene sofortige Tötung eines solchen armen Geschöpfes oft hinausgezögert, um das Platzen des gefüllten Darms durch die durchsichtige Bauchdecke beobachten zu können. Ein solches Verhalten ist nicht nur unfischig, sondern auch kriminell und sollte zum sofortigen Ausschluss aus der Züchtergemeinschaft führen.

Silberlinge

Dies sind glänzend silbern schimmernde Ziermenschen, deren Gliedmaßen sich zu Stummeln verkürzt haben oder gänzlich verschwunden sind. Auch diese Zuchtergebnisse sind auf künstliche Ernährung angewiesen. Ihr seidiges Haar hüllt den gesamten Körper ein und fließt, falls das Standvermögen noch erhalten ist, vom Kopf bis zum Boden hinunter. Ihr Gesang ist ein helles Sirren, das, wie geflosselt wird, selbst das Glas der Terrarienwände zum Bersten bringen kann.

Bläulinge

Durch eine Verlegung der Atemwege leiden solche Qualzuchten an ständigem Sauerstoffmangel. Deshalb ist ihr Körper von blauer Farbe. Durch die ständige Anstrengung, zu Atem zu kommen, sind sie asketisch dünn und tragen einen verklärten Gesichtsausdruck, der nicht von dieser Welt zu sein scheint. Zudem verlockt den Liebhaber ihr stetig trauriger Blick, der im Gegensatz zu den karpfenartigen Maulbewegungen steht, mit denen sie Luft zu schnappen versuchen. Aus diesem Grund werden sie auch unter den Begriffen Clowns oder Yogis geführt.

Derwische oder Rudler

Die Namensgebung erfolgte durch die belustigend wirkende Eigenart, sich ständig um die eigene Achse zu drehen und dabei zu taumeln und zu torkeln. Das Gleichgewichtsorgan wie auch Teile des Kleinhirnes sind nicht oder nur rudimentär angelegt. Sie sterben, wie die meisten der angeführten Qualzucht-Ergebnisse, sehr früh oder kommen schon als Totgeburten zur Welt. Ihrer Tanzwut kann kaum Einhalt geboten werden. Da deshalb eine Nahrungsaufnahme schwierig ist, sind sie spindeldürr. Um sie am Leben zu erhalten, müssen sie gewaltsam festgehalten und zwangsgefüttert werden. Sie verpaaren sich gerne (obwohl sie unfruchtbar sind) mit Silberlingen.

Terrarien

Die klimatischen Verhältnisse des Trockenlandes sind nicht so stabil wie bei uns unter Wasser.

Selbst an große Temperaturschwankungen passen sich Ziermenschen an, sofern sie über die nötigen Wärmequellen oder Tangdecken verfügen, um ihren großteils unbehaarten Körper zu schützen. Dennoch sollte Ihr Terrarium so eingerichtet sein, dass es mit der Ursprungregion des größten Prozentsatzes in der Farbmischung übereinstimmt. Das hört sich komplizierter an, als es ist, denn beim Kauf eines Ziermenschen stehen die jeweiligen Prozentangaben der im Genmaterial enthaltenen Farben im Kaufvertrag. Die höchste Zahl davon wird zugleich als Abstammungsort auf dem Trockenland gewertet. Danach sollten Sie sich bei der Einrichtung des Terrariums richten. Es ist vom züchterischen Standpunkt einfach unsinnig, nur deshalb, um eine bestimmte Farbenmischung zu erhalten, hellhäutige Nordländer der Polarregion, die es gewohnt waren, ihr Leben in selbstgebauten Eishöhlen (Iglus) zu verbringen, zusammen mit Äquatorialschwarzen zu stecken und sie womöglich dann selbst über die zu wählende Temperatur entscheiden zu lassen! Schaffen Sie sich einen klar ausgerichteten und abgegrenzten Themenpark Ihres Terrariums, in dem alles, und Pflanzen, klar aufeinander abgestimmt sind! Diese Areale Ziermenschen könnten folgendermaßen aussehen:

Areal des nördlichen Eistyps

Die Temperatur liegt nahe der Gefriergrenze. Gestampfter Lehmboden sollte vorhanden sein, der, im günstigsten Fall, falls Ihre Klimaanlage die dazu nötigen Temperaturen aufbringt, mit Eis überzogen ist. Die Fütterung sollte fett- und eiweißreich sein. Die Höhensonnenbestrahlung ist zu reduzieren.

Areal nördlicher Typ

Die Temperatur ist gemäßigt bis fröstelnd. Viel Pflanzenwuchs um einen kleinen künstlichen See, die Bodenverhältnisse leicht hügelig. Die Fütterung sollte ausgeglichen sein.

Dorfszenerie

Lehmhütte, ebenso Lehmweg, Möglichkeit zum Feldfrüchteanbau, Temperaturen ausgeglichen, nicht zu trocken. Die Bekleidung aus einfach eingefärbten Tangblättern. Kleiner Bonsaibaumbestand.

Stadtszenerie

Viele Mauern, auch Ruinen. Asphaltiertes Straßenstück. Kellerwohnungen, ausgebrannte Wrackteile aus der Trockenwelt, (auf dem Wasserflohmarkt oft preiswert zu erstehen), erhöhter Rußgehalt in der Luft; sehr trocken. Wenig Sonneneinstrahlung, aus Lautsprechern Lärm. Mehrere flimmernde Scheiben.

Südliche Szenerien

Typ Wüste aus Sand oder Kies

Sie ist je nach Hautfärbung verschieden zu gestalten. Je heißer und trockener, desto dunkler sollten ihre Ziermenschen sein. Viel Staub; abgestorbenes Treibgutgeäst; Tangrollen zur Anfertigung von Hütten; Langzeitige Bestrahlung; Wasserangebot vermindern.

Typ tropischer Urwald

Boden sumpfig; pro Gezeit ein kräftiger Wasserguss; Zahlreiche Schlingpflanzen; Amphibien ansiedeln.

Diese Einteilung kann natürlich noch in weitere Unterregionen aufgespalten werden, sofern das Terrarium dazu ausreichend Platz bietet. Der eigenen Phantasie ist hier keine Grenze gesetzt. Manche lieben es, eine klare

30

Bergregion zu modellieren, andere bevorzugen einen Küstenstreifen oder eine Wüstengegend. Auch Wald aus Bonsaibeständen ist mittlerweile beliebt geworden.

Für die gesunde Entwicklung Ihrer Ziermenschen ist es sehr hilfreich, wenn Sie das Terrarium nach ihren jeweiligen Bedürfnissen einrichten. Planen Sie im Voraus, welchen Typus Ziermensch Sie sich besorgen wollen und besprechen Sie die Ausstattung Ihres Terrariums mit Ihrem Händler.

Eine Herausforderung für Fortgeschrittene
Eine verlockende Herausforderung ist es, Terrarien nach Themen wie Slum, Hotel, Schiff, Ölbohrplattform, Börse, Bauernhof, Kneipe, Fließband, Schützengraben, Kloster, Krankenhaus oder Strandbad einzurichten. Dazu gehört viel Vorarbeit und Einarbeitung in die seltsamen Lebensgewohnheiten und der Bekleidung der Ziermenschen in ihren jeweiligen Ursprungsregionen und den geschichtlichen Epochen des Trockenlandes. Sie sehen, die Ziermenschen-Zucht ist ein weites Thema.

Ganz gleich jedoch, welches Gestaltungsthema Sie für Ihr Terrarium wählen, achten Sie darauf, dass jeder Ziermensch über ausreichend Platz verfügt, so dass er sich einigermaßen frei bewegen kann und der Austausch frischer Luft gewährleistet ist. Das Gefühl, gefangen zu sein, sollte durch die Großzügigkeit der Anlage überspielt und zurückgedrängt werden. Auch wenn eine gewisse Anfangsmelancholie unter neu zugekauften Ziermenschen durchaus normal ist, darf diese doch nicht länger als 3 bis 5 Gezeiten andauern. Wenn bis dahin keine Eingewöhnung erfolgt, sollten Sie die nicht integrierbaren Exemplare zurückgeben, bevor diese eingehen und Sie dadurch teures Investitionen in den Sand gesetzt haben.

Anschaffung

Vorbereitung
Als wichtiger Grundsatz gilt:
Zuerst das Terrarium in der für Ihre Zuchtpläne geeigneten Größe aussuchen und einrichten, ehe Sie einen Ziermenschen kaufen. Dabei ist besonders

wichtig, dass die technischen Geräte, wie z.B. Luft- und Abwasserfilter, einwandfrei funktionieren und der, je nach Thema, gewählte Pflanzenbewuchs sichtbar zu wachsen beginnt.

Auch Putzkrabben sollten in ausreichender Anzahl (eine bis zwei pro Ziermensch) längere Zeit vor dem Einsatz der Ziermenschen in das Terrarium eingebracht, angelernt und in Stellung gebracht werden. Verwenden Sie nur Putzkrabben mit entschärften Zangen, da es sonst zu Verstümmelungen unter den Ziermenschen kommen kann! Kaufen Sie nur wenig aggressive Exemplare, die nicht zu Übergriffen auf Ziermenschen neigen! Am besten ist es, bereits abgerichtete Putzkrabben zu erwerben. Sie sind zwar etwas teurer, doch diese Mehrausgabe lohnt sich.

Terrarienarten

Obwohl dieses Thema unerschöpflich und das Angebot fast nicht mehr überschaubar ist (hier finden Sie im Wassernetz und in vielen Foren zu diesem Thema eine überbordende Anzahl von Angeboten und Beiträgen, die oft mehr verwirren, als Klarheit schaffen), gibt es doch einige wenige und wichtige Grundsätze, die Sie unbedingt bei der Anschaffung eines Terrariums beachten sollten.

Das Idealterrarium für die Haltung von Ziermenschen sollte rechteckig sein, gut verfugt, dem Wasserdruck auch bei Strömungsschwankungen sicher Stand halten können und vor allem ausreichend groß sein.

An Raum zu sparen heißt immer und unter Garantie, am falschen Ende gespart zu haben! Als Richtmaß gilt ein Platz von 20 x 20 x 30 GL pro Ziermensch. Es kann gerne auch etwas mehr sein. Seien Sie sich stets bewusst, dass selbst das größte Terrarium nicht viel mehr als ein bunt ausstaffiertes Gefängnis für Ihre Ziermenschen sein kann! Bieten Sie ihnen daher immer mindestens so viel Raum, dass sie sich frei und ungehindert bewegen können. Zusätzlich sollte eine Möglichkeit zur Sportausübung in keinem Terrarium fehlen. So kann z.B. der breit angelegte Zugang für Putzkrabben zum Freiwasser ins Innere des Terrariums durch einen Pool vergrößert werden. Dadurch wird es den Ziermenschen ermöglicht, sich mit dem Wasser vertrauter zu machen und das Schwimmen zur körperlichen Ertüchtigung zu nutzen.

Die Erfahrung hat gezeigt, dass sich der finanzielle Aufwand für solche Einrichtungserweiterungen durchaus lohnt. Ziermenschen, die oft und mit der Zeit auch gerne schwimmen, sind gesünder, ihre Zuchtleistung ist deutlich erhöht und die Nachkommenschaft zahlreicher und robuster.

Es ist sicherlich anregender, Ziermenschen mit glücklich strahlenden Gesichtern zu beobachten, statt tagtäglich auf sauertöpfisch und mürrisch starrende Exemplare blicken zu müssen, die Ihnen schnell jegliche Lust an der Haltung und Zucht austreiben können.

In letzter Zeit werden leider vermehrt Modeformen an Terrarien verkauft, die zwar Ihr Bedürfnis nach Ästhetik zufrieden stellen mögen, doch für die darin lebenden Ziermenschen eine einzige Quälerei darstellen.

Es ist den Herstellern nur zu wünschen, es selbst einmal auch nur ein paar Gezeiten hindurch in einem ähnlichen Gefäß aushalten zu müssen. Wie viele Ziermenschen haben wohl in solchen Qualbehältern nach einer mehr oder weniger langen Zeit des Dahinsiechens den Tod gefunden? Hier ist der Gesetzgeber gefragt, dem endlich einen Riegel vorzuschieben!

Es folgen einige Beispiele für Terrarienformen, die Sie niemals kaufen sollten, wenn Ihnen die Gesundheit und das Wohlergehen Ihrer Ziermenschen am Herzen liegen:

Kugelterrarium

Es handelt sich dabei um ein frei in der Strömung hängendes, von allen Seiten einsehbares kugelförmiges Gefäß. Alle Zwischenböden oder Trennwände sowie die gesamte Einrichtung bestehen aus durchsichtigem Glas, so dass die Bewohner eines solchen "Heims" (das Wort Heim ist hier ironisch gemeint) keinerlei Rückzugsmöglichkeiten besitzen.

Es gibt zahlreiche Berichte über Verhaltensstörungen von Ziermenschen in solchen Quälbehältern, z. B. ständige Kreisbewegungen oder gegen die Wände anrennen.

Der besseren Einsicht wegen werden den Ziermenschen oft noch nicht einmal Tangblätter zur Verfügung gestellt, um sich darin einzuwickeln und dadurch vor Kälte zu schützen. Damit es zu keinen Ausfällen durch Unterkühlung kommt, ist über einem solchen Kugelterrarium in der Regel eine zusätzliche Wärmequelle angebracht, wodurch sich die Klimaverhältnisse im Innern meist negativ verändern.

Es dauert oft nur wenige Gezeiten und die beim Kauf in bunten Farben schillernden Ziermenschen liegen apathisch in einer Ecke oder rennen sich an den gläsernen Rundwänden die Schädel ein.

Flachbildterrarien
Nicht anders zu beurteilen sind die ebenfalls in Mode gekommenen Flachbildterrarien. Nur 2 - 3 GL in die Tiefe reichend, bieten sie den Ziermenschen kaum Platz, sich zu drehen oder zu wenden. Die einzige Möglichkeit, sich darin zu bewegen ist, die zahlreich vorhandenen Treppen sinnlos hinauf und herunter zu klettern. Ansonsten leben die Bewohner zwischen zwei eng gestellten Scheiben wie in einem Schraubstock eingepresst. Es gibt keinerlei Möglichkeiten, unter diesen Bedingungen eine eigenständige Lebensweise zu entwickeln.

Vielleicht mögen hier Exemplare, die ursprünglich aus Bergregionen stammen, noch etwas Spaß finden, indem sie kletternd das Höhenniveau ständig verändern (auch diese Bemerkung ist ironisch gemeint). Nicht nur für ältere Ziermenschen ist dieses Leben auf Treppen eine unzumutbare Qual. Das vermehrte Auftreten von Gelenksveränderungen in dem zudem nicht richtig trocken zu haltenden Areal ist eine unabwendbare Folge. Viele Ziermenschen sind nach wenigen Gezeiten bewegungsunfähig und müssen erlöst werden.

Röhrenterrarien
Die Röhren solcher Terrarien durchziehen zwar pittoresk die gesamte Höhle in allen Richtungen. Doch da der Durchmesser der Glasröhren sehr klein ist, können sich Ziermenschen darin meist nur in gebückter Haltung bewegen, manchmal sogar nur hindurchrobben. Bei plötzlich auftretenden Strömungen,

hervorgerufen durch Springfluten oder Stürme, die über die Meeresoberfläche hinwegfegen, reißen die dünnen Röhren nicht selten ab, was den sofortigen Tod der gesamten Zucht durch Ertrinken zur Folge hat. Davon abgesehen ist eine sinnvolle Reinigung der Röhren kaum möglich. Sie sind bald so sehr mit Kot und Dreck verschmutzt, dass Sie kaum mehr etwas von Ihrer Zucht erkennen können.

Licht

Ziermenschen benötigen viel Licht! Das in unseren Wassertiefen bestehende Dämmerlicht reicht zur Haltung von Ziermenschen nicht aus, ganz zu schweigen von der ewigen Nacht, die in manchen tieferen Wasserregionen herrscht. Lichtmangel über mehrere Gezeiten führt bei Ziermenschen unweigerlich zu rasantem Pigmentverlust und Depressionen. Sie blassen aus, neigen zu Durchfall, verweigern die Nahrungsaufnahme und kümmern.

Eine Sonneneinstrahlung wie auf dem Trockenland können wir trotz aufwendiger Technik niemals erreichen. Als Ersatz müssen zumindest immer ausreichend Beleuchtungskörper im oder über dem Terrarium angebracht sein. Diese sollten sich selbsttätig nach einem bestimmten Rhythmus aus- und einschalten. Die Dauer der einzelnen Dunkel- und Hellperioden richtet sich nach den höchsten Prozentzahlen in der Farbmischung Ihrer Ziermenschen. Der Handel bietet übersichtliche Tabellen an, aus denen anhand dieser Prozentzahl die optimale Lichtdauer einfach abgelesen werden kann. Zusätzlich ist ein Luxmeter unerlässlich, um die Einstrahlungsintensität zu messen.

Fehlerhafte, flackernde oder gar defekte Beleuchtungskörper sind sofort auszutauschen! Die Leuchtquellen verlieren durch Schwebstoffe in der Luft (Staub) schnell an Kraft und müssen daher regelmäßig geputzt werden. Achten Sie verstärkt darauf, dass Ihre Putzkrabben diese gerne vernachlässigten Bereiche mit in ihr Arbeitspensum aufnehmen!

Das Licht der früher häufig für die Beleuchtung von Terrarien engagierten Anglerfische reicht nicht für die Ziermenschenhaltung aus. So romantisch das früher auch war, die Zuchtergebnisse in solch beleuchteten Terrarien fielen so mäßig aus und der Gesundheitszustand der Bewohner war so schlecht, dass man inzwischen davon abgekommen ist, die Beleuchtung allein Anglerfischen zu überlassen. Wer sich die inzwischen stark gestiegenen Löhne dieser Tiefseefische leisten kann, sollte jedoch zusätzlich zu den künstlichen Lichtquellen ein oder zwei dieser natürlichen Beleuchter einstellen. Man wird Sie dann um die sanfte und verträumte Atmosphäre in Ihrer Höhle beneiden.

Anhaltende Dunkelheit führt bei Ziermenschen unweigerlich zu innerlicher wie äußerlicher Verwahrlosung! Sie schmutzen ein, setzen Schimmel an, ziehen sich zurück, werden blass wie Quallen, stinken unerträglich und sterben früh.

Es sollte so hell und licht wie möglich sein. Aber auch hier darf ein gewisses Maß nicht überschritten werden. Zu gleißendes Licht kann die Augen der empfindlichen Geschöpfe schädigen.

Optimal ist jedoch Tageslicht, das von der Trockenwelt aus ins Wasser einfallen kann. Eine solche Beleuchtung ist natürlich nur mit entsprechenden Umbaumaßnahmen in den Flachwasserhöhlen zu realisieren. Möchte fisch seine Höhle nach oben nicht öffnen, kann fisch mit Spiegeln das Oberflächenlicht leicht ins Innere der Höhle umlenken. Leider setzen solche Spiegel gerne Algen an. Sie müssen daher von Nacktschnecken regelmäßig geputzt werden.

Die Beleuchtung sollte dem ursprünglichen Leben der Ziermenschen auf dem Trockenland angepasst sein. Das erreicht fisch durch Simulation der auf dem Trockenland wechselnden Intensität der Sonneneinstrahlung. Nachtphasen, in denen geschlafen wird, sind unbedingt auf der Beleuchtungsschaltuhr einzustellen. Auf zwei Gezeiten Helligkeit sollte mindestens eine ganze Gezeit über durchgehend Dunkelheit erfolgen. Nehmen Sie Rücksicht und schalten Sie nach Möglichkeit niemals das Licht während der Schlafphase ein.

Punktstrahler, die nur einen Teil des Terrariums mit Licht überfluten und andere Bereiche im Halbdunkel belassen, sind sehr zu empfehlen. Ihre Schützlinge können sich dann entscheiden, wo sie schlafen oder ob sie sich lieber an helleren Orten aufhalten wollen. Nach einiger Zeit, wenn sich Ihre Ziermenschen eingewöhnt haben, können Sie ihnen im Schlafraum (dort, wo

36

das Bettgestell steht) eine Lichtquelle einrichten, die von den Bewohnern des Terrariums selbstständig ein- und ausgeschaltet werden kann. Dieser Vorschlag ist sicher ungewöhnlich. Die Erfahrung hat jedoch gezeigt, dass es durchaus förderlich für die Entwicklung Ihrer Horde sein kann, wenn ihr in kleinen Bereichen eine gewisse Selbständigkeit gewährt wird. Vertrauen Sie auf die Intelligenz Ihrer Ziermenschen! Sie sind durchaus in Maßen fähig, wenn auch nur in unbedeutenden Kleinigkeiten (z.B. selbsttätiges Aus- und Einschalten von Licht, Stellung der Möbel in der Behausung), Verantwortung für ihr Leben zu übernehmen.

Temperatur und Luftfeuchtigkeit

Ein Thermometer sowie ein Hygrometer sollten unbedingt zur Grundausstattung eines jeden Terrariums gehören und mindestens einmal pro Gezeit kontrolliert werden. Nur so können Sie rechtzeitig Temperaturschwankungen und gefährliche Veränderungen der Luftfeuchtigkeit erkennen und entsprechend entgegenwirken, bevor ernsthafte Schäden entstehen. Zu trockene und zu heiße Luft fördert die Bildung hässlicher Falten, was als Indiz für vorzeitiges Altern zu werten ist. Ein zu feuchtes Terrarienklima führt dagegen zu Schimmelbildung, Hautpilzen sowie Ekzemen und eitrigen Abszessen.

Die optimale Luftfeuchtigkeit sollte, je nach Ziermenschentyp zwischen 40% und 70% liegen. Referenzwerte für Ihre Exemplare werden Ihnen beim Kauf mitgeliefert. Vergessen Sie nicht, die Luftfilter regelmäßig zu reinigen und bei starker Verschmutzung auszuwechseln.

Die Temperatur in einem Terrarium sollte $0°C$ nicht unter und $+45°C$ nicht überschreiten. Bei diesen Werten handelt es sich ohnehin um Extremwerte, die nicht auf Dauer aufrechterhalten werden sollten, es sei denn, Sie versuchen durch Rückzüchtung die genetischen Eigenschaften ursprünglicher Trockenlandbewohner aus Polar-, Wüsten - oder Tropenlandschaften herauszuarbeiten. Für alle anderen Farbmischungen eignen sich eher gemäßigte Temperaturen zwischen $20°C - 30°C$.

Standort und Einrichtung

Bedenken Sie, dass ein Terrarium allein durch die Beschichtung mit luftabdichtenden Materialien sehr viel wiegt. Auch der Druck der Wassermassen beim Gezeitenwechsel auf die Wände ist nicht unerheblich. Überladen Sie das Terrarium daher nicht zusätzlich mit schweren Einrichtungsgegenständen. Bei starker Strömung kann es sonst auseinander brechen. Ein Terrarium darf niemals direkt den oft unberechenbaren Strömungen ausgesetzt sein. Die sachgerechte Verfugung der Wände gegen einbrechende Feuchtigkeit und Nässe mit Quallenschleim gehört auf jeden Fall in die Flossen eines erfahrenen Züchters! Jeder Wassereinbruch ist als Notfall anzusehen, bei dem alle Ziermenschen, zumindest für die Dauer der Reparatur, in einen trockenen und über genügend Atemluft verfügenden Notbehälter verbracht werden müssen!

Achten Sie auf eine streng waagrechte Ausrichtung des Terrariums und stellen Sie es auf festen Untergrund. Sandböden sind ungeeignet, da sie vom Wasser unterspült werden könnten und Ihnen zudem der Zugang über den Pool versandet.

Die Einrichtung Ihrer Ziermenschenbehausung sollte so gewählt werden, dass ausreichend Höhlen vorhanden sind, in die sich die Bewohner zurückziehen können. Das sollte jedoch nicht so weit führen, dass Sie Ihre Schützlinge nur dann zu Gesicht bekommen, wenn Sie sie mit Futter anlocken. Die Kunst besteht darin, den Ziermenschen das Gefühl zu geben, völlig unbeobachtet zu sein, während für den Betrachter von außen alle Winkel des Terrariums einsichtig sind.

Überprüfen Sie, ob von Einrichtungsgegenständen eine Verletzungsgefahr ausgehen könnte. Bedenken Sie dabei, dass sich Ziermenschen aufgrund ihrer dünnen Haut wesentlich leichter Schnittwunden zuziehen können als wir.

Als Standort des Terrariums eignet sich ein ruhiger Ort in Ihrer Höhle, an dem die Bewohner ein eigenständiges Leben führen können. Er sollte jedoch auch nicht zu abgelegen sein, so dass Ihre Ziermenschen vom Spiel der Gezeiten und dem Geschehen in Ihrer Höhle völlig ausgeschlossen wären.

Kauf von Ziermenschen

Wichtigstes Kriterium für die Entscheidung, welche und wie viele Ziermenschen Sie sich zulegen wollen, ist der Platz, den Sie für die Aufstellung eines Terrariums in Ihrer Höhle ausersehen haben. Für großrassige Ziermenschen oder gar für eine ganze Horde benötigen Sie ein größeres Terrarium als für ein einzeln gehaltenes Pärchen. Denken Sie jedoch daran, dass sich Ziermenschen relativ schnell vermehren. Wenn Sie keine Ausbaumöglichkeiten für eine größere Zuchtanlage in Ihrer Höhle haben, sollten Sie sich rechtzeitig um Adressen bemühen, bei denen Sie die überzählige Brut abgeben können.

Pro Ziermensch schreibt das Ziermenschenschutzgesetz eine Mindestfläche von 20x20x30 GL (siehe auch Terrariumsarten) vor. Rechnen Sie daher zuvor aus, wie viele Ziermenschen Sie in Ihrem Terrarium beherbergen können und kaufen Sie kein Stück mehr, so sehr Sie auch von den schillernden Angeboten fasziniert sein sollten.

Wenn Sie planen, das Terrarium nach einem bestimmten Thema einzurichten, sollten Sie nur die jeweils dafür geeigneten Ziermenschen erwerben. Lassen Sie sich von einem seriösen Händler beraten. Das einzige Kriterium, das letztlich zählt, ist, dass sich Ihre Ziermenschen in der von Ihnen geschaffenen Welt auch wirklich wohl fühlen. Hüten Sie sich vor dem Kauf ausgefallener Fehlfarben, die immer häufiger (nicht selten unter dem Ladentisch) angeboten werden. Der Letalfaktor (die Sterberate) ist bei diesen, oft künstlich herbei geführten Farbstörungen erheblich hoch. Die bedauernswerten Exemplare sterben nicht selten schon auf dem Transport vom Geschäft zu Ihrer Höhle. Es wird von Krüppelzüchtungen berichtet, bei denen trächtigen Zierweibchen giftige Substanzen eingegeben wurden, um bei der Brut besondere Merkmale, wie Zwergwuchs, schraubenförmige Arme oder extrem abgeflachte Köpfe hervorzurufen. Oft leben die verformten Jungtiere gerade mal solange, wie die Frist für Reklamationen währt. (Die Gewährleistungs- und Umtauschfrist beim Kauf von Ziermenschen hat der Gesetzgeber auf fünf, in Ausnahmefällen bis auf acht Gezeiten begrenzt).

Leider gibt es immer häufiger betrügerische Machenschaften im Bereich des Ziermenschen-Handels:

Mit Farbstoffen vermischter Quallenschleim, der den Ziermenschen mit einer Nasenschlundsonde zwangsweise verabreicht wird, führt zu bunt schillernden Hautfarben, die jedoch schon nach wenigen Gezeiten verblassen.

Oft werden von diesen unbestreitbar schönen, aber leider falschen Farben andere gravierende Mängel verdeckt, die dem Käufer meist erst nach einigen Gezeiten (dann, wenn die Farben verblasst sind und zudem die Garantiezeit abgelaufen ist) auffallen. Zudem sind die zwangsweise verabreichten Farbstoffe organschädigend, so dass solchermaßen behandelte Ziermenschen lebenslang kränkeln.

Kaufen Sie Ziermenschen grundsätzlich nur bei einem zertifizierten Fachhändler. Die eingetragenen Zuchtvereine sowie die meisten Zuchtwarte verfügen über Adressenlisten seriöser Verkäufer.

Achten Sie beim Kauf auf den einwandfreien körperlichen und geistigen Zustand der ausgewählten Exemplare und scheuen Sie sich nicht, einen Gesundheitscheck durchführen zu lassen. Verlassen Sie sich nicht allein auf das beim Kauf ausgestellte Zertifikat. In Zweifelsfällen sollten Sie die gekauften Ziermenschen von einem Ziermenschen-Arzt Ihres Vertrauens untersuchen lassen. Werden dabei schwerwiegende Schäden oder Erkrankungen festgestellt, können Sie die Kosten der Untersuchung dem Verkäufer anlasten.

Gesundheitscheck

Fühlen Sie bei dem ausgewählten Ziermenschen mittels einer Putzkrabbe immer den gesamten nackten Körper auf Unregelmäßigkeiten ab. Bestehen Sie dabei auf gute Lichtverhältnisse. Die Haut sollte keine Schäden oder eitrige Auflagerungen aufweisen. Finden sich Pickel, Kratzer, Ekzeme, Schürfwunden oder kreisrunde Hautausschläge? Sind die Ziermenschen am Hintern stark verschmutzt? Wenn eine Schmutzschicht die Körperoberfläche bedeckt, ist diese vor der Beurteilung von Putzkrabben abzuwaschen.

Lassen Sie sich vom Verkäufer das Maul des Ziermenschen öffnen (Vorsicht: manche Exemplare beißen!) und überzeugen Sie sich von der Qualität der

Zähne. Sie sollten möglichst vollständig in geschlossenen Reihen stehen, weiß und nicht abgebrochen sein.

Lassen Sie den Ziermenschen ein paar Runden unter Luftbedingungen gehen, dann im Wasser kurzzeitig tauchen (nur wenige Armbewegungen, da die gespeicherte Atemluft in den Lungen der Ziermenschen sehr knapp bemessen ist) und beobachten Sie dabei die Art und Regelmäßigkeit der Gliedmaßenbewegungen.

Sehr aufschlussreich ist dieser Test auch, um betrügerisch aufgetragene Farbmuster auf der Haut zu entlarven. Sie verwischen bei Kontakt mit Wasser und lassen sich dadurch als grobe Täuschung nachweisen.

An der Schnelligkeit der Fluchtreaktion aus dem Wasser zurück in die Lufthülle des Terrariums können Sie sehr gut die körperliche Unversehrtheit und die Belastbarkeit ablesen. Prüfen Sie durchaus noch ein zweites oder drittes Mal, wenn bei der Untersuchung Zweifel aufkommen sollten.

Animieren Sie das Exemplar Ihrer Wahl dazu, ein paar Geräusche in seinem eigenartigen lautmalerischen Singsang auszustoßen, um sich davon zu überzeugen, dass es über eine kräftige Stimme verfügt. Prüfen Sie genau nach, ob die angegebenen Fertigkeiten wie Tanz, akrobatische oder der Zucht dienliche Leistungen vorhanden sind und ausgeführt werden können.

Lassen Sie sich von dem Verkäufer nichts zuflosseln oder herbeizaubern, was Sie nicht mit eigenen Augen sehen können. Seine Argumente zählen solange nichts, wie sie sich nicht auch an dem zu kaufenden Ziermenschen widergespiegelt vorfinden. Schließlich ist der Preis für ein gutes Ziermenschenexemplar nicht unerheblich und dafür sollten Sie auch Anspruch auf eine eingehende und sachgemäße Beratung haben.

Ein Männchen ist am ausgestülpten Geschlechtssporn von der ersten Gezeit an klar vom Weibchen zu unterscheiden. Überprüfen Sie, ob das Geschlecht mit den in den Papieren angegebenen Daten übereinstimmt.

Kontrollieren Sie auch die Augen, Nasenlöcher und das Maul auf Verklebungen oder Sekrete, wie auch Hände und Füße auf Vollzähligkeit der Finger und Zehen.

Preis

Ziermenschen gibt es im Handel, je nach Abstammung und Zuchtmerkmalen, zu unterschiedlichen Preisen. Bei besonderen Liebhaberexemplaren werden auf Auktionen teilweise astronomische Summen geboten. Einfache Arbeits-Ziermenschen, wie sie manchmal noch unter Wasser in den Belüftungsanlagen zu finden sind, sofern diese Arbeiten inzwischen nicht von Arbeitskrabben erledigt werden können, sind zwar schon für wenige GQ (Goldquallen) zu bekommen. Sie sind für eine Zucht jedoch gänzlich unbrauchbar. Die Exemplare, die hin und wieder auf Wasserflohmärkten angeboten werden, sind zumeist abgewirtschaftet, hinfällig und ausgemergelt. Es ist eher ein Gnadenakt als sinnvoll für eine Zucht, sie in ein Terrarium aufzunehmen. Denn sonst würden sie in Fleischmahlwerken zu Futterpasten für zahnlose Haisenioren verarbeitet werden.

Der Preis für ein halbwegs taugliches, nicht sonderlich schmuckes Ziermenschen-Pärchen liegt bei 100 bis 250 GQ (Goldquallen). Zur Gründung einer Zucht, die Ihnen beim Verkauf der Nachzucht auch etwas einbringt, müssen Sie schon mit dem Mehrfachen dieses Preises rechnen. Schauen Sie im Wassernetz nach den jeweilig aktuellen Quoten, falls Ihnen die Angebote des Ladens Ihrer Wahl zu überhöht erscheinen. Aber gutes Material hat eben auch seinen Preis.

Kauf

Der Kauf von Ziermenschen sollte wirklich ausschließlich im Fachgeschäft (zugehörend zum RZMZ - Ring der Ziermenschenzüchter) erfolgen! Lassen Sie sich nicht verleiten, unter der Flosse schwarz vermittelte, billige Ziermenschen zu erwerben! Nicht nur, dass Sie sich dabei wegen Steuerunterschlagung strafbar machen. Es besteht zudem ein großes Risiko, sich mit solchen illegal erworbenen Exemplaren Krankheitserreger (z.B. Aids, Pocken, Masern, Schwarzflecken u.v.m.) in eine bestehende Zucht einzuschleppen.

Jedes im Fachhandel erworbene Exemplar wurde mindestens über 5 Gezeiten in Quarantäne gehalten und ziermenschenärztlich untersucht. Dadurch sind Sie mit dem Kauf im Fachhandel in der Regel auf der sicheren Seite.

Dennoch sollten Sie immer grundsätzlich beim Kauf einen Gesundheitscheck durchführen.

Ein Zertifikat über Herkunft, genetische Merkmale und Gesundheitszustand ist fester Teil des Kaufvertrages. Prüfen Sie das Zertifikat eingehend auf seine Echtheit, denn leider kursieren inzwischen im Wassernetz Fälschungen, die von jederfisch herunter geladen werden können.

Beobachten Sie die Ziermenschen, auf die Sie ein Auge geworfen haben, vor Ihrer Kaufentscheidung eine Zeit lang aus einem gewissen Abstand heraus. Schwimmen Sie so, dass Sie nicht von ihnen bemerkt werden. Achten Sie darauf, wie sie sich im Rudel verhalten. Werden sie abgelehnt, ausgeschlossen oder gar misshandelt? Neigen sie zu Aggressivität gegenüber Artgenossen? Kaufen Sie keine Ziermenschen mit Verhaltensstörungen, auch wenn Ihr Gebaren für den Beobachter ein unterhaltsamer Zeitvertreib sein kann. Sie bringen jedoch nur Unruhe in eine bestehende Horde, wodurch der Zuchterfolg gefährdet sein kann.

Lassen Sie sich vorführen, was die einzelnen Ziermenschen laut Tangrollenzertifikat an besonderen Fähigkeiten zu bieten haben. Für jeden der aufgeführten Punkte, sei es Singen, miteinander ringen, tanzen, basteln, Kunststückchen aufführen oder sich als gute Kletterer bewähren, bezahlen Sie einen entsprechenden Aufpreis.

Manche Exemplare setzen sich auf Gestänge mit zwei Rädern, um darauf durch das Terrarium zu jonglieren (was, um Verletzungen zu vermeiden, den Ausbau gefestigter Wegstrecken im Terrarium erfordert und zusätzliche Kosten verursacht), andere springen in die Luft oder erweisen sich als gewiefte Schwimmer (Vorsicht: Abdriftgefahr durch das Einstiegslochs des Pools!).

Seien Sie misstrauisch, wenn man Sie durch preiswerte Sonderangebote locken will. Kaufen Sie nur absolut einwandfreie und makellose Ziermenschen, die Sie gegebenenfalls wieder zu einem guten Preis weiter veräußern können, falls Sie sie, aus welchen Gründen auch immer, aus Ihrer Zucht wieder entfernen wollen.

Zucht

Lassen Sie sich mit dem eigentlichen Zuchtbeginn viel Zeit! Verfügen Sie noch über wenig Erfahrung, starten Sie am besten mit einem einfach gebauten und in keiner Weise exaltierten Pärchen, das schon miteinander vertraut sein sollte. Erst, wenn sich hier der erste Nachwuchs ankündigt, überlegen Sie, ob Sie Ihr Terrarium im Besatz weiter aufstocken wollen. Denn dann haben Sie auch bereits grundlegende Erfahrungen in der Haltung gesammelt und Ihre Putzkrabbenkolonne ist gut eingearbeitet. Denken Sie stets beim Kauf weiterer Ziermenschen daran: Weniger ist mehr!

Haben Sie sich trotz aller Vorsicht doch einmal verkauft und erweisen sich ein oder mehrere Ihrer Ziermenschen als gesundheitlich stark eingeschränkt, als stets miteinander streitend oder ganz offensichtlich als verwirrt sowie körperlich oder geistig krank, entfernen Sie diese rechtzeitig aus dem Terrarium, ehe Ihre ganze Zucht dadurch gefährdet wird.

Kaufen Sie möglichst junge Ziermenschen. Sie sind an folgenden äußeren Zeichen gut zu erkennen:

1. Die Zähne sind vollständig und unversehrt.
2. Die Gesichtshaut zeigt keine Faltenbildung.
 3. Es finden sich keinerlei graue Haare auf dem Kopf (außer bei Farbexoten).
4. Die Körperhaltung ist aufrecht. Ältere Exemplare gehen häufig etwas gebückt.
5. Die Muskulatur ist fest. Bei alten Ziermenschen hängt sie vor allem im Bauch- und Oberarmbereich schlaff von den Knochen weg.
6.Sie hören keine pfeifenden oder röchelnden Atemgeräusche nach längerem Eintauchen ins Wasser, z.B. im Rahmen des Gesundheitschecks.

Denken Sie daran: Nur mit jungen Ziermenschen können Sie eine effektive und erfolgreiche Zucht aufbauen.

Erstbesatz

Bevor Sie Ziermenschen in Ihr Terrarium einsetzen, müssen Sie sich absolut sicher sein, dass alle Systeme einwandfrei - auch im Dauerbetrieb -, gut und störungsfrei funktionieren. Deshalb ist es wichtig, das Terrarium zunächst

44

einmal über etliche Gezeiten hinweg ohne Ziermenschen laufen zu lassen. Beschicken Sie es zunächst nur mit Putzkrabben, die Ihnen auftretende Fehler sogleich melden werden. Vergewissern Sie sich einer gleich bleibenden Luftqualität. Der Luft darf keinerlei Rauchspuren oder Abgase von den Motoren der Umwälzanlage her beigemengt sein. Die Licht- und Wärmequellen sollten nicht zu sehr blenden oder die Luft überhitzen. Prüfen Sie immer wieder die Verfugung der Glasplatten des Terrariums. Jeder einzelne eindringende Wassertropfen kann der Beginn einer Katastrophe sein. Erst wenn Sie mit dem Ablauf aller Systeme rundherum zufrieden sind, schreiten Sie zum Erstbesatz mit einem möglichst robusten Pärchen, das in der Lage ist, trotz eventuell noch auftretender Anfangsschwierigkeiten (wie z.B. schlechte Luftqualität, Schimmel oder Befall mit Wasserläusen) die Situation gut zu überstehen. Fragen Sie beim Kauf nach besonders zähen Exemplaren, bei denen es in erster Linie nicht unbedingt auf Schönheit, sondern auf die Belastbarkeit in Kombination mit körperlicher Kraft ankommt! Achten Sie also beim Erstbesatz nicht so sehr auf Schönheit wie auf Gesundheit!

Transport

Ziermenschen sind hoch empfindliche und auf die ständige Zufuhr von absolut einwandfreier Luft angewiesene Wesen. Ein Luftmangel über nur kurze Zeit führt zum qualvollen Erstickungstod. Transportieren Sie Ihre Ziermenschen außerhalb der Terrarien nur in Beuteln mit ausreichend großen und frisch gefüllten Luftblasen, die mindestens das Zehn- bis Zwanzigfache des Ziermenschen-Körpervolumens aufweisen sollten. Halten Sie den Transportweg so kurz wie möglich, ganz gleich, an welchen saftigen Tangweiden Sie dabei auch immer vorbei getrieben werden oder welcher Freund Ihren Weg zufällig kreuzen sollte. Die Devise lautet: So schnell wie möglich das bereits vorgewärmte, gut eingefahrene und mit allen erforderlichen Gegenständen bestückte Terrarium erreichen!
Der Transport sollte so vorsichtig wie möglich erfolgen. Die meisten neu gekauften Ziermenschen sind ängstlich und schreckhaft. Die Begegnung mit

einer neugierig gegen den Transportbehälter stupsenden Haischnauze kann bei ihnen zum plötzlichen Herzstillstand führen.

Vermeiden Sie unnötige Erschütterungen und lassen Sie den Beutel niemals aus den Flossen. Durch die Luftfüllung würde er sonst zur Oberfläche hochschnellen, was unter Umständen den sofortigen Tod der eingeschlossenen Ziermenschen bedeuten kann: Da Ziermenschen schlecht an die Wassertiefe adaptiert sind, beherrschen sie den Ausgleich des dabei auftretenden Druckunterschiedes nur sehr unzureichend. Blutungen aus den Körperöffnungen, Übelkeit, Erbrechen und Ohnmachtzustände können dann auftreten, wenn kein Druckausgleich durchgeführt wird. Dies sind bei Ziermenschen immer lebensgefährliche Symptome, die eine umgehende Behandlung durch einen Ziermenschen-Arzt bedürfen, wenn Sie nicht Gefahr laufen wollen, Ihre frisch erworbenen Schützlinge eingehen zu sehen! Achten Sie darauf, dass kein Wasser in den Transportbeutel dringt und aus ihm auch keine Luft entweicht. Durch den Transport verendete Ziermenschen wird Ihnen kein Händler trotz vertraglich eingeräumtem Rückgaberecht ersetzen. Legen Sie etwas trockenes Dämmmaterial in den Behälter, da die Luft im Wasser schnell abkühlt und die Ziermenschen zumeist schlecht akklimatisiert sind. Das schützt sie vor Erkältungen und zudem gegen (durch Stöße verursachte) Prellungen und Verletzungen.

Quarantäne

Jeder Neuzugang sollte mindestens 5-8 Gezeiten in einem separaten Quarantäneterrarium gehalten werden, um zu verhindern, dass Krankheiten in eine bereits vorhandene Horde eingeschleppt werden.

Sinnvoll ist es, Neuzugänge nach der Quarantänezeit und vor dem Übersiedeln in das Hauptterrarium in eine Desinfektionslösung aus konzentriertem Quallenschleim zu tunken, wobei auf die kurzzeitige Schließung der Atemlöcher (Nase/Maul) zu achten ist. Da die Lösung ätzend wirkt und die empfindlichen Hautpigmente schädigen kann, sollten die neuen Ziermenschen nach der Desinfektion gut abgewaschen werden. Eine auftretende Rötung der Haut ist normal. Sie vergeht nach ein paar Gezeiten von selbst.

46

Einsetzen

Nehmen Sie Ziermenschen nicht mit den bloßen Flossen aus dem Transportbehälter oder dem Quarantäneterrarium. Die Gefahr ist zu groß, dass sie Ihnen dabei aus den Flossen gleiten, ins offene Wasser fallen, abtreiben und ertrinken. Pressen Sie den luftgefüllten Beutel oder Behälter mit dem Deckel nach oben unterhalb des Terrariums, so dass seine Öffnung mit dem Zugang für Putzkrabben am Pool unterhalb der Bodenplatte des Terrariums abschließt. Wenn Sie dann den Deckel öffnen, tauchen die Ziermenschen meist von selbst durch den Pool in das Terrarium ein, sofern sie schwimmen können. Sollte das nicht der Fall sein, müssen sie von Putzkrabben durch den Pool in den Luftraum gezogen werden. Wer sich teures Personal zur Pflege der Zucht leisten kann, sollte das Umsetzen der Ziermenschen durch speziell dazu ausgebildete Putzkrabben erledigen lassen.

Eingewöhnung

Halten Sie ein oder zwei Gezeiten lang etwas Abstand zum Terrarium, damit sich die Ziermenschen in Ruhe an ihr neues Zuhause gewöhnen können. Laden Sie auch zunächst einmal keine Gäste ein und achten Sie darauf, dass niemand nur deshalb an die Scheiben des Terrariums klopft, um Reaktionen der Bewohner zu provozieren. Anfangs verkriechen sich die meisten Neuzukäufe in schlecht einsichtbare Winkel. Dulden Sie dieses Verhalten ruhig ein paar Gezeiten lang. Nach einer mehr oder weniger langen Gezeitenphase werden die Ziermenschen normalerweise von selbst zutraulicher. Erst ab dem Zeitpunkt, wenn sich die neuen Ziermenschen geborgen fühlen, kann der Kontakt langsam und mit viel Geduld aufgebaut werden.

Durch regelmäßiges Füttern und Einbringen von Frischwasser zu immer gleichen Gezeiten entsteht mit der Zeit Vertrauen und eine gewisse familiäre Nähe. Sie können auf die sprichwörtliche Neugierde der Ziermenschen bauen, die bald von sich aus kleinere Forschungsausflüge unternehmen werden, um ihr neues Reich auszukundschaften. Dabei werden auch Sie mit in den Kreis ihrer Aufmerksamkeit einbezogen, ganz besonders, wenn Sie versuchen, mit Ihnen Kontakt aufzunehmen:

Wedeln Sie mit den Flossen, machen Sie Purzelbäume, die Ihre Ziermenschen zum Lachen bringen, verdrehen Sie die Augen und versuchen Sie, mit Ihrem Mund die Bewegungen ihrer Mäuler nachzuahmen, die sie ausführen, wenn sie sich untereinander austauschen (siehe auch Sprache der Ziermenschen). Wenn Sie sich bemühen, dauert es meist gar nicht lange, bis sich zwischen Ziermenschen-Halter und seinen Schützlingen eine intensivere Beziehung entwickelt.

Ausstattung des Terrariums

In diesem Kapitel geht es:

1. um die Innenausstattung des Terrariums (Mobiliar, Rückwand, Pool, Bodenabdeckung, Bodengrund, Bepflanzung, Dekoration)
2. um die technischen Geräte (Leuchtkörper, Heizung, Belüftungsanlage, Filter, Thermo- und Hygrometer sowie Luftumwälzpumpe).

Innenausstattung

In Fragen der Inneneinrichtung sind Ihrer eigenen Phantasie zwar keine Grenzen gesetzt, doch sollte alles dem einzigen Zweck dienen, ein gut funktionierendes und in sich geschlossenes System auf Dauer störungsfrei betreiben zu können.

Versuchen Sie dabei stets, ein gemütliches Heim für Ihre Ziermenschen zu schaffen. Der Begriff gemütlich sollte sich ausschließlich auf die Bedürfnisse der Ziermenschen und nicht auf Ihre eigenen Gewohnheiten beziehen.

Nehmen Sie sich die Zeit und lesen Sie Tangrollen, die über das Leben der Ziermenschen auf dem Trockenland berichten, oder schauen Sie ins Wassernetz (fff.fischipedia.ow), um neue Anregungen zu erhalten.

Zum Beispiel ist eine blanke Kuhle im Kies als Bett (im Gegensatz zu uns) für keinen Ziermenschen verlockend. In einem trockenen und gepolsterten Holz - oder Metallgestell mit Decken aus getrockneten Tangblättern fühlen sich diese fremdartigen Geschöpfe wesentlich wohler. Pro Ziermensch wird ein **Bettgestell** benötigt. Es sollte so lang und breit sein, dass sich der darauf liegende Ziermensch ausstrecken und die Arme zur Seite spreizen kann, ohne dass sie mehr als zur Hälfte über die Bettkante drüber hängen. Pärchen schlafen oft zusammen auf einem Gestell, das entsprechend breiter sein muss. Als Schutz vor Raubkrabben, die manchmal über den Pool aus dem Freiwasser in ein Terrarium eindringen können, sollten Bettgestelle auf vier, etwa eine GL hohen Pfosten stehen.

Wenn Ihre Ziermenschen auch manchmal über eine gesamte Gezeit hinweg auf diesen Gestellen liegen, brauchen Sie sich deshalb noch keine Sorgen zu machen. Sie sind dann in der Regel weder krank noch tot, sondern schlafen nur. Ziermenschen verschlafen durchaus ein Drittel ihrer Lebenszeit. Sie brauchen den Schlaf so dringend wie Nahrung. Daher gilt Schlafentzug, aus welchen Gründen auch immer, genau wie hungern lassen als Ziermenschen-Quälerei!

Das seltsam sägende Geräusch, das manche Exemplare beim Schlafen von sich geben, wird als **Schnarchen** bezeichnet und ist als normal anzusehen. Manchmal werden einzelne Ziermenschen wegen dieser, oft nicht unerheblichen Lärmbelästigung, von der Horde ausgeschlossen und das Bettgestell an einem abgelegenen Ort des Terrariums verbracht. Es ist zu empfehlen, sich in solche "inneren Angelegenheiten" nicht einzumischen. Sie würden nur unnötig Unfrieden stiften.

Neben einem Bettgestell benötigen Ziermenschen Möbel, auf denen sie sitzen (Stühle), an denen sie gemeinsam essen (Tische) und in die sie Gegenstände verstauen (Schränke).

Buntfarbige Steine, Treibholz oder abgestorbene Korallenstöcke sorgen für Abwechslung und sehen zudem als Innendekoration sehr hübsch aus.

Jedes Terrarium sollte über einen **Nassraum** verfügen, in dem sich die Bewohner ausgiebig säubern können. Dieser Raum sollte deutlich von den anderen Räumlichkeiten im Terrarium abgetrennt sein. Er kann mit dem Platz für die Fäkalentsorgung kombiniert werden. Die festen und flüssigen Ausscheidungen werden über eine Schleuse direkt ins offene Wasser geleitet oder in einem Topf gesammelt, der regelmäßig entleert werden muss.

Die Ausscheidungen können auch zunächst durch die Sand- und Kiesschicht des Bodengrundes gefiltert werden, ehe sie ins Freiwasser gelangen. Achten

Sie bei der Verlegung der Rohre, dass sie stetig abfallen und weit genug sind, um nicht zu verstopfen!

Wichtig ist, in diesem Raum eine zusätzliche leistungsfähige Luftumwälzpumpe einzubauen, um die überschüssige Feuchtigkeit zu entfernen. Andersfalls dauert es nur wenige Gezeiten, bis der Raum über und über mit Schimmel bewachsen ist.

Das Wasch- und Spülwasser braucht nicht aus Süßwasser zu bestehen, wie es in Luxusterrarien mit integrierten Entsalzungsanlagen oft der Fall ist. Obwohl sich eine solche Anlage bei einer entsprechenden Anzahl von Ziermenschen schnell amortisieren würde, wenn Sie den Preis für das sonst in Schwimmblasen abgefüllte Süßwasser bedenken, ist sie im Unterhalt sehr teuer. Die Technik ist zudem noch nicht ausgereift, wodurch die Anlagen sehr störanfällig sind. Die Kosten für Wartung, Reinigung und Reparaturen könnten Ihnen daher durchaus einen Strich durch die Rechnung machen.

Besonders luxuriös ausgestattete Aquarien enthalten zusätzlich eine **Kochecke**, in der die Ziermenschen das ihnen vorgelegte Futter durch Hitzeanwendungen verändern. Offensichtlich wird es dadurch für diese seltsamen Wesen verdaulicher.

Rückwand

Die Rückwand des Terrariums sollte dem gesamten Ambiente, das Sie geschaffen haben, angepasst sein. Lassen Sie sich im Fachgeschäft beraten, wie Sie eine Wüstenlandschaft, eine Stadtstraßenszene, einen Bauernhof oder Ähnliches als Hintergrundmotiv gestalten können. Es gibt bedruckte Folien, die auf die Rückwand geklebt werden und durch ihr dreidimensional wirkendes Motiv dem Terrarium eine gewisse Tiefe und farbige Aufhellung verleihen.

Eine farbig nicht zu deutlich von der Umgebung abgesetzte Rückwand, die sich harmonisch in die von Ihnen geschaffene Szenerie einfügt, wird nicht nur Ihnen, sondern auch den Ziermenschen gefallen. Im Gegensatz dazu führt eine grelle, eintönig gehaltene Rückwand schnell zu Übermüdungserscheinungen bei Betrachtern und Bewohnern. Das beliebte

Blau zur Simulation der Lufthülle sollte nicht zu knallig von der Farbgebung her gehalten sein.

Kaufen Sie keine gläserne Rückwand, auch wenn es noch so verlockend ist, dadurch Ihre Ziermenschen von allen Seiten im Auge behalten zu können. Ziermenschen brauchen jedoch, um sich wohlzufühlen, eine Rückzugsmöglichkeit. Diskret angebrachte Spiegel sichern Ihnen eine bessere Einsicht in jeden Winkel des Terrariums, ohne dass sich die Ziermenschen gestört fühlen und scheu werden, wie es bei einer gläsernen Rückwand der Fall ist.

Pool

Ein Ziermenschen-Terrarium ist ohne Pool kaum denkbar. Er dient als Schleuse für neue Ziermenschen, zur Entsorgung von Abfällen und Fäkalien sowie als Zugang für Putzkrabben. Da manche Ziermenschen gerne im Pool schwimmen, muss er stets mit einem Netz zum Freiwasser hin abgesichert sein. Nur so können Sie sicher sein, dass kein badender Ziermensch von Raubkrabben in die Tiefe gezogen, von einer Strömung erfasst und dann abgetrieben wird. Nur sehr sportlichen Exemplaren gelingt es in einem solchen Fall, aus eigener Kraft zurückzutauchen und den Einstieg wieder zu finden. Wie bereits erwähnt, sind Ziermenschen keine Wasserwesen. Sie können unter Wasser nur sehr schlecht sehen. Das in ihren Lungen gespeichertes Atemvolumen erlaubt ihnen keine großen Tauchgänge.

Die Größe des Pools wird nach dem Körpervolumen der im Terrarium lebenden Ziermenschen berechnet (Körpervolumen pro Ziermensch mal fünf). Achten Sie darauf, dass die Schleusen nach außen regelmäßig geöffnet werden, um die Exkremente und Abfälle aus dem Pool ins Freiwasser zu spülen.

Manche Ziermenschen trinken, wenn fisch es ihnen erlaubt, gerne vergorene Pflanzensäfte. Die dadurch erzielten Verhaltensänderungen sind sehr lustig anzuschauen. Allerdings sind Ziermenschen nach dem Genuss solcher Pflanzensäfte oft nicht mehr zurechnungsfähig. Viele sind in einem solchen Zustand schon in den Pool gefallen und ertrunken. Sichern Sie daher die

Ränder des Pools mit einem Geländer ab und bauen Sie rutschfeste Stufen ein.

Schütten Sie reichlich feinkörnigen Sand, vor allem vor dem Pool, auf. Ziermenschen liegen gerne vor Wasserflächen im Sand und lassen sich das Licht von Punktstrahlern auf den entblößten Körper scheinen. Dieses Verhalten ist noch ungeklärt.

Bodengrund und Außenanlage

Außerhalb der eigentlichen Behausung, gleich, ob es sich um eine Höhle, ein Haus oder einen Verschlag handelt, können Sie mit Sand, mit Kies oder Steinen ein aufgelockertes Landschaftsbild formen. In jüngster Gezeit ist es Mode geworden, echte Erde (Humus) vom Trockenland einzubringen, um sie zu bepflanzen. Mit Büschen oder Bonsaibäumen kann fisch sogar einen stimmungsvollen Miniaturwald aufforsten. Sie können Gras ansäen, um eine Wiese wachsen zu lassen oder, wenn Sie bäuerliche Ziermenschen besitzen, von diesen einen Acker furchen und mit Getreide (einem pflanzlichen Nahrungsmittel ähnlich unserer Tangwiesen) einsäen lassen.

Der Bodengrund sollte dabei etwa eine halbe bis eine GL dick mit Erde, darunter mit Sand und Kies beschichtet sein.

Essbare Pflanzen, aber auch solche, die nur als Dekoration angepflanzt werden, sind bei Ziermenschen sehr beliebt.

Lockern Sie die Umgebung durch Blumen auf, die, wenn Sie eine züchterische Flosse besitzen, vielleicht auch hin und wieder blühen können. Obstbäume und Gemüsepflanzen wählen Sie am besten aus dem Katalog aus.

Bodenabdeckung und Zugang zum Terrarium

Unterschätzen Sie nicht den immensen Wasserdruck, unter dem ein Terrarium steht! Die Wände sollten stabil genug sein, diesen Druck auszuhalten und auch dann nicht zu bersten, wenn das Terrarium bei einem Umzug in größere Wassertiefen verbracht wird. Halten Sie sich stets vor Augen, dass es eine künstliche Welt ist, in die Sie Bewohner aus der anderen Sphäre, der Trockenwelt, mit in die Tiefe unter Wasser entführt haben.

Vergessen Sie das niemals, dass Ziermenschen außerhalb des Terrariums nicht lebensfähig sind! Ein einziger grober Fehler genügt und Ihre Zucht ist unrettbar verloren.

Die an der Unterseite des Terrariums befestigte Abdeckung hat unterhalb des Pools ein mehr oder weniger großes Loch zum Freiwasser hin, durch das die Putzkrabben einsteigen und die Abwässer abfließen können. Dieses Loch muss immer durch ein Netz gesichert sein, damit keine Ziermenschen abgetrieben werden oder sich Raubkrabben, Riesenseeigel oder Hummer Zugang verschaffen und unter Ihren Ziermenschen ein Blutbad anrichten. Die Bodenabdeckung sollte für den Fall, dass eine plötzliche Notfallsituation (Wassereinbruch, Aufstand, akute Erkrankung) auftritt, einfach und schnell abzunehmen sein. Unterschätzen Sie nicht die mörderische Energie des räuberischen Unterwassergesindels, das sich oft über ganze Gezeiten hinweg in der Nähe eines Terrariums aufhält und nur darauf wartet, bis es von Putzkrabben unbewacht ist, um dann in das Terrarium einzudringen: Wählen Sie das Netz stabil genug aus, so dass es von ihren Scheren nicht durchschnitten werden kann, und verankern Sie es gut genug, so dass es auch nicht durch eine starke Strömung abgerissen wird!

Reinigung

Etwa alle 6 Gezeiten sollte das Terrarium durch Putzkrabben gereinigt werden. Etwa alle 15 Gezeiten ist eine gründliche Reinigung unter Ihrer Aufsicht und Mithilfe durchzuführen. Alle 6 Gezeiten sind zudem die Filteranlagen und die gesamte Abwasserentsorgungsanlage zu reinigen, sowie Futterreste mit einem Sauger vom Bodengrund und den Inneneinrichtungen zu entfernen. Kadaver oder Kadaverteile sind sofort, wenn sie Ihnen auffallen, zu beseitigen, um Schimmelbildung vorzubeugen, die Geruchsentwicklung einzudämmen und den Ausbruch von Krankheiten zu verhindern.

Eine gründliche Reinigung bezieht das gesamte Terrarium einschließlich aller Glasscheiben (auch wenn sie durch Schnecken ohnehin sauber gehalten werden) der Behausungen oder sonstiger Rückzugsorte der Ziermenschen mit ein. Dabei sollten alle Gegenstände aus den abgedeckten Behausungen herausgenommen, im Pool gewaschen oder, bei empfindlichen Gegenständen (z.B. Tangrollen), mit Algentüchern abgerieben werden.

Stark verschmutzte oder unbrauchbar gewordene Einrichtungsgegenstände werden ausgetauscht. Die Nacktschnecken an den Scheiben sollten auf ihre einwandfreie Reinigungswirkung überprüft werden. Schadhafte oder kränkelnde Exemplare müssen ersetzt werden. Sie werden von Ziermenschen gerne als Bereicherung ihres Speiseplans akzeptiert (siehe Ernährung).

Trauen Sie sich, möglichst viele Reinigungsarbeiten den Ziermenschen selbst zu überlassen (selbstverständlich nur unter regelmäßiger Kontrolle). Dadurch ist eine erhebliche Einsparung an Putzkrabben zu erzielen. Sorgen Sie dafür, dass stets ausreichend Putzmaterial wie Tanglappen, Schwämme, Algenbüschel zum Auskehren, sowie Scheuersand zur Verfügung stehen. Muschelschalen eignen sich hervorragend als Behälter für Waschwasser. Zum Abkratzen des sich immer wieder erneut bildenden und von den Nacktschnecken meist nicht vollständig zu bewältigenden Schimmelbelages an den Scheiben werden Korallenstöckchen und Schwämme empfohlen.

Heizung

Sparen Sie nicht mit Wärme! Selbst robuste Ziermenschen, deren Vorfahren aus Eisregionen stammen, benötigen immer eine Wärmequelle! Bei andauernder Kälte werden sie bald krank und verenden nicht selten nach mehr oder weniger kurzer Gezeit. Lassen Sie sich die Zeitschaltuhr des Thermostaten am besten vom Ziermenschen-Fachhändler Ihres Vertrauens einstellen und justieren Sie nur nach, wenn Sie genügend Kenntnisse über die einzuhaltenden Grenzwerte gesammelt haben.

In den letzten Gezeiten setzt sich immer mehr die Strömung durch, den Ziermenschen (wie bei der Einstellung der Beleuchtung) auch die Einstellung des Thermostates selbst zu überlassen. Haben Sie sich nicht gerade an geistig schwachen Qualzuchten vergriffen, sind auch einfacher strukturierte Ziermenschen nach einer kurzen Einführung durch Putzkrabben dazu in der Lage. Achten Sie jedoch darauf, dass nicht zuviel Energie verschwendet wird. Ansonsten stellen Sie den Thermostaten so ein, dass nur eine kostensparende niedrige Maximaltemperatur erreicht werden kann.

54

Nördliche, hellhäutige Exemplare hüllen sich ohnehin in mehrere Schichten ihrer Tangblätter, so dass hier durchaus auf eine niedrigere Temperatur herunter gefahren werden kann.

Während der Ruheperioden der Dunkelzeiten kann die Heizung auch vorübergehend abgestellt werden. Der Stoffwechsel dieser Trockenwesen verlangsamt sich während des Schlafes jedoch, so dass sie leichter frieren. Aus diesem Grund sollten im Schlafraum genügend Tang- und Algendecken ausliegen, in die sich die Ziermenschen einhüllen können.

Belüftung und Filter

Sorgen Sie dafür, dass Ihr Belüftungssystem durch ein **Notstromaggregat** gesichert ist. Sollte ein System ausfallen, können von einer Handwerkskrabbe, während die Notanlage anspringt und die Funktion übernimmt, in Ruhe die notwendigen Reparaturen durchgeführt werden, ohne dass Ihre Ziermenschen ernstlich gefährdet sind.

Der einwandfreie **Luftaustausch** muss zu jeder Zeit und unter allen Umständen gewährleistet sein! Der für Ziermenschen lebensnotwendige Sauerstoffgehalt von 21% in der Atemluft fällt schnell ab, wenn nicht unablässig unverbrauchte oder gefilterte und wieder aufbereitete Luft zugeführt wird. Die alten Berechnungstabellen, in denen zulässige Sauerstoffwerte bis 10% und niedriger für kurze Zeit als akzeptabel angegeben wurden, gelten heute als veraltet und gefährlich falsch. Sie haben in der Vergangenheit zu vielen unnötigen Todesfällen, sogar bis zum Verlust der gesamten Zucht geführt.

Sauerstoffmangel in der Terrariumsluft zeigt sich deutlich an schnappenden Maulbewegungen der Ziermenschen. Sie versuchen zu den am oberen Terrariumsrand angebrachten Luftfiltern zu klettern und hängen sich mit Maul und Nase regelrecht darin auf. Wenn die Sauerstoffwerte weiter sinken, fallen die Ziermenschen zu Boden und winden sich in Krämpfen. Die Hautfarbe wird bläulich. Die Augen sind weit aufgerissen. Spätestens dann müssen Sie handeln, sonst wird Ihre Horde qualvoll ersticken.

Nach den **neuesten gesetzlichen Bestimmungen** ist jeder Ziermenschenhalter verpflichtet, eine Tabelle über die einzuhaltende

Zusammensetzung der Atemluft zusammen mit einer Kopie des Ziermenschenschutzgesetzes in unmittelbarer Nähe des Terrariums aufzubewahren.

Die Atemluft muss stets einwandfrei und frisch sein. Sie darf keine Beimengungen von Öl, Ruß oder Kohlenmonoxid enthalten. Leider können solche giftigen Gase bei fehlerhaften Anlagen immer wieder einmal entstehen, sodass Tod durch Gasvergiftung als relativ häufige Ausfallursache bei Ziermenschen gilt.

Die Atemluft sollte prozentual nicht wesentlich anders als auf der Erdoberfläche zusammengesetzt sein. Dies gilt besonders für das von den Ziermenschen ausgeatmete Kohlendioxid, das aus der verbrauchten Luft ausgefiltert werden muss. Sparen Sie hier nicht mit der Investition in eine absolut perfekt und sauber arbeitende Anlage! Ihre Ziermenschen werden es Ihnen durch Gesundheit und längerer Lebensdauer danken.

Die **Luftfilter** müssen regelmäßig gereinigt, gewartet und ausgetauscht werden. Gerne verstopfen die Filter durch Pilze oder Algen und führen zu einem teilweisen oder gänzlichen Ausfall. Schwarze Schimmelpilze, die sich in vergammelten Filtern vermehren, verbreiten ihre Sporen mit der Luft und führen zu lebensgefährlichen Lungenerkrankungen.

Anhand der **Farbkomponenten**, die dem Filtermaterial beigemischt sind, sehen Sie deutlich, wann die Filter ausgetauscht werden müssen. Zu wechseln ist spätestens bei einem Farbumschlag von gelb zu blau. Eine Überprüfung der gesamten Anlage durch eine Fachfirma wird im regelmäßigen Abstand von 200 Gezeiten empfohlen.

Früher wurde die notwendige Atemluft für Terrarien durch Anlagen auf dem Trockenland komprimiert und in stabilen Pressluftflaschen in die Tiefe gebracht. Das war sehr aufwändig und teuer. Aus wirtschaftlichen Gründen hat fisch daher die Luftgewinnung umgestellt. Heute wird frische Atemluft für Ziermenschen nur noch auf zwei Arten gewonnen:

1. Pumpverfahren

Die Luft wird von der Wasseroberfläche durch Röhren über mehrere Zwischenstationen in die Tiefe gepumpt. Dieses Verfahren ist leider sehr störungsanfällig. Durch fehlerhaft pumpende Motoren kommt es immer wieder zu Kontaminationen (Verunreinigungen) der Luft mit Öl, Ruß oder dem giftigen Kohlenmonoxid. Obwohl die Luft mehrere Filteranlagen durchströmt, bevor Sie als Atemluft für Ziermenschen verwendet wird, kommt es dennoch häufig zu Todesfällen durch Vergiftung. Ein **Luftverschmutzungswarnmelder** sollte daher in keinem Terrarium fehlen. Beobachten Sie Ihre Ziermenschen ganz genau, wenn Sie eine neue Luftcharge anbrechen.

Jedes spontan einsetzende Husten ist verdächtig. Symptome wie Taumeln oder Torkeln, häufiges Niesen, Zucken mit den Nasenflügeln, Speicheln oder Verdrehen der Augen sind Hinweise auf eine übermäßige Verschmutzung oder gar Vergiftung der Terrariumsluft. Wenn Ihnen solche Verhaltensänderungen bei Ihren Ziermenschen auffallen, müssen Sie die Luftzufuhr sofort abdrehen und auf die Notluftanlage umschalten.

2. Atemluftgewinnung aus Wasser
Der Aufwand für diese relativ neue Technik ist erheblich, aber durch Verwendung einer speziellen Algenmasse wird die aus Wasser gewonnene Luft absolut sicher gereinigt, so dass Vergiftungen durch Gase nicht mehr auftreten können. Leider sind die neuen Anlagen noch sehr teuer, so dass viele Ziermenschenzüchter, vor allem Anfänger, noch auf die alte Röhrenpumptechnik zurückgreifen.

Um jederzeit den Reinheitsgrad der Luft überprüfen zu können, gibt es im Handel als **Schnelltest** sich verfärbende Kleinkrebse zu kaufen. Je stärker die Verunreinigung der Luft, desto dunkler laufen die Schalen der Kleinkrebse an. Durch kurzes Schwenken im Meerwasser lässt sich der Farbumschlag wieder rückgängig machen. Dieses Schnelltestverfahren ist jedoch nur ein Grobtest und ersetzt nicht die weitaus empfindlicheren Messgeräte!

Bepflanzung
Die Art der Bepflanzung hängt von der Art des gewählten Themenparks ab. Dennoch sollten Sie (z.B. bei der Gestaltung der Landschaft mit Pflanzen einer speziellen Trockenweltregion) das Wohl Ihrer Ziermenschen nicht

vergessen. Auch eine karge Wüste sollte nicht nur mit Kakteen bepflanzt werden. Ein Wald sollte mehr als nur dornige Sträucher enthalten und auch ein Park muss für Ziermenschen begehbar bleiben und darf nicht verwildern und zu einem undurchdringbaren Dschungel zuwuchern. Halten Sie Ihre Putzkrabben an, die Pflanzen des Themenparks regelmäßig so zu stutzen, dass sich die Bewohner des Terrariums noch frei bewegen können und Ihnen der Einblick in die Glaswelt durch wuchernde Pflanzen nicht verwehrt ist.

Manche Züchter berichten von Tangblättern, auf denen Ziermenschen mittels primitiver Zeichnungen angeblich Wünsche äußern. Sollten Sie solche Tangblätter finden, werfen Sie sie nicht gleich weg. Sie sind für die Ziermenschenforschung hochinteressant. Neueste Forschungen haben ergeben, dass es sich dabei tatsächlich um eine primitive Vorstufe von Kommunikation handelt. Es wurden Versuche durchgeführt, in denen die Pflanzen, die auf den Tangblätterzeichnungen zu erkennen waren, in die Terrarien eingebracht wurden. Die Ziermenschen waren hocherfreut, nahmen die Gewächse an und pflegten sie in eigens dafür mit besonders viel Humus ausgelegten Ecken des Terrariums. Meist handelte es sich um Futterpflanzen, deren Früchte dann verspeist wurden.

Ein Terrarium, vollgestopft mit wunderschön gewundenen Kakteen, ist zwar für uns idyllisch und prachtvoll anzuschauen. Für Ziermenschen, die darin leben müssen, kann das jedoch zu einer tödlichen Gefahr werden. Die Stacheln der Kakteen können die zarte Haut verletzen. Nicht selten führen solche Verletzungen dann zu schweren Entzündungen, die sich bis ins Innere der Körper ausbreiten (Blutvergiftung) und zum Eingehen des verletzten Ziermenschen führen. Ebenso gefährlich sind die oft wunderschön anzuschauenden Giftpflanzen des Trockenlandes (Tollkirsche, Bilsenkraut, Fliegenpilz, Engelstrompete, um nur einige Vertreter zu nennen). Erwachsenen Ziermenschen ist meist die Gefahr, die von solchen Pflanzen ausgeht, bekannt. Die unerfahrene Brut kann sich jedoch durch Aufnahme von Pflanzenteilen vergiften.

Ebenso bedenklich für den Erfolg einer Zucht ist es, wenn Sie aus Felsbrocken eine prächtige Bergwelt aufbauen, doch dort keine Möglichkeit zur Bepflanzung schaffen und es Ihren Ziermenschen zumuten, in solch einer kahlen Einöde zu hausen. Behausungen, die allein von Steilwänden umgeben sind, auch wenn diese noch so hübsch mit Edelweißblumen in den Felsspalten geschmückt sein mögen, eignen sich nun einmal nicht, um Ziermenschen dazu zu bewegen, ihre Behausungen zu verlassen oder gar sich außerhalb zu paaren.

Ebenso bieten Stadtszenerien kaum Platz für Grünanlagen, wie auch Aufbauten größerer Innenräumlichkeiten in Form eines Theaters oder eines Bahnhofs auf Kosten des grünen Bewuchses gehen. Zuwenig Grün im Terrarium führt jedoch bei Ziermenschen häufig zu Depressionen.

Schaffen Sie daher übersichtliche, liebliche Grünanlagen. Einfache, mit Gras bewachsene und von Sträuchern begrenzte Wiesen werden z.B. im Allgemeinen gerne angenommen. Auch kleine Wälder aus Bonsaibäumen, die durchaus zwischen Häuserwänden einer Straßenzeile angepflanzt werden können, heben die Stimmung im Terrarium. Besonders beliebt sind Obstbäume (z.B. Apfel, Birne, Zwetschge, Orange, Kokosnuss oder Bananen), deren Früchte von den Ziermenschen gefressen werden, weil sie eine willkommene Abwechslung der oft doch recht eintönig zusammengestellten Fütterung für Ziermenschen bieten (siehe Ernährung).

Immer wieder wird es geschehen, dass manche Pflanzenarten (z.B. Brennnessel, Löwenzahn) das gesamte Terrarium überwuchern und dabei die von Ihnen bevorzugten Pflanzen verdrängen. Solche Unkräuter wachsen und vermehren sich sehr schnell und rauben den anderen Pflanzen Licht und Luft.

Achten Sie darauf, dass Sie sich mit den Pflanzen kein Ungeziefer ins Terrarium einschleppen! Schimmel (weiße, braune oder schwarze Flecken) ist auch hier ein ernst zu nehmendes Alarmzeichen und tritt bei zu intensiver Wässerung oder bei nicht richtig abfließendem Schmutzwasser häufig auf.

Dekoration

Bei der Dekoration eines Terrariums gilt der Grundsatz: Weniger ist mehr! Es macht keinen Sinn, die Ziermenschenbehausung in eine Rumpelkammer zu verwandeln, nur, weil Sie ein günstiges Angebot an Einrichtungsgegenständen bei Fischbay oder bei einer Terrariumsauflösung ersteigert haben. Suchen Sie lieber nur ein bis zwei ausgewählte Stücke (passend zu Ihrem Themenpark) in einem Fachgeschäft aus und beobachten Sie dann, ob diese Dekorationsteile von den Ziermenschen überhaupt angenommen werden. Vieles von dem, was für uns bezaubernd schön aussieht, gefällt Ziermenschen nicht. Es kommt immer wieder vor, dass aggressive Bewohner des Terrariums über Nacht die gesamte Einrichtung zerschlagen und sich aus den Trümmern eine eigene Welt nach ihrem Geschmack formen, die dann jedoch nichts mehr mit Ihren ästhetischen Vorstellungen gemeinsam hat. Durch Schaden wird fisch jedoch bekanntlich klug. So manches teuer erstandene Dekorationsteil werden Sie auf eigenen Flossen zum Gebrauchtwarenmarkt tragen oder bei Fischbay für einen Bruchteil des Preises unterbringen müssen, bevor es Ihnen zerschlagen wird. Lassen Sie sich durch solche Vorkommnisse nicht entmutigen! Sie befinden sich immerhin schon auf dem mühsamen, aber letztlich nicht unendlich langen Weg zum perfekten Züchter.

Eine Dekoration soll der Auflockerung dienen, aber dabei nicht radikal den Lebensraum der Ziermenschen einschränken und wichtige Zugänge verstellen. Je mehr Gegenstände Sie in ein Terrarium hineinstellen lassen, desto eher entsteht Unordnung und Chaos. Die Verletzungsgefahr durch Dekorationsgegenstände sowie die vermehrte Verschmutzung (vor allem durch verborgen abgesetzte flüssige Ausscheidungen männlicher Ziermenschen!) ist ein ernstzunehmendes Gesundheitsrisiko für Ihre Zucht.

Das meiste organische Dekorationsmaterial aus unseren Wohnhöhlen, das sich im Wasser oft wunderbar lange hält, zerfällt in der Luft hingegen sehr schnell, fault und schimmelt. So manche wunderschön schillernde Qualle im Wasser ist, wenn man sie in einem Terrarium als Lampenschirm aufhängt, nach kurzer Zeit nur noch eine zähe, tropfende, formlose und stinkende Masse. Die Dämpfe, die in der Luft aus sich zersetzendem organischen Material aufsteigen, sind offensichtlich nicht nur unangenehm, sondern für Ziermenschen auch gesundheitsschädlich: Terrariumsbewohner, die ihnen ausgesetzt sind, halten sich meist ein Tangblatt vor Nase und Maul, drücken die Nasenöffnungen mit Hilfe zweier Finger zusammen oder fallen einfach um.

60

Vor allem jugendliche Ziermenschenhalter verwenden zur Dekoration des Terrariums gerne gebleichte Skelette von Ziermenschen. Besonders die Skelette von Schönäuglingen mit ihren durchsichtigen Knochen werden an den Glaswänden aufgehängt, da sich an den Glasknochen die Lichter der Punktstrahler brechen und bunt (wie ein Regenbogen auf dem Trockenland) in die Wohnhöhle reflektiert werden. Ebenso sieht man in den letzten Gezeiten häufig, dass aus Schädeln von Ziermenschen, die im Terrarium verendet sind, eine Pyramide gebaut und in den Löchern (z.b. der Augenhöhlen) Steingartengewächse gepflanzt werden. Nun - über Geschmack lässt sich bekanntlich nicht streiten. Manche dieser Modegags scheinen jedoch die Stimmung der Ziermenschen zu drücken und sollten daher im Hinblick auf den Zuchterfolg kritisch beurteilt werden.

Als klassische Dekoration gelten ein paar übereinander getürmte Felsbrocken, abgebrochene Korallenäste, Treibholz oder leere Muschelgehäuse, die von den Ziermenschen zur Eigengestaltung ihrer kleinen Welt verwendet werden. Am schönsten ist es doch, wenn sich eine Terrarienwelt natürlich entwickelt und ihre Wirkung nicht nur auf offensichtlich künstliche Aufmachung zurückgeht.

Beschränken Sie sich auf Weniges, dafür aber Aussagekräftiges. Hinzustellen kann fisch immer noch etwas, falls sich das Ambiente als zu dürftig erweisen sollte. Vergessen Sie niemals, dass sich Ihre Horde noch weiter vermehren soll und deshalb Platz benötigt. Was nützt Ihnen ein Terrarium mit auffallender Dekoration, wenn die darin lebenden Ziermenschen vor sich hinsiechen?

Ausscheidungen

Ziermenschen scheiden in mehr oder weniger regelmäßigen Abständen eine stark riechende Flüssigkeit (Urin) sowie eine zumeist feste bis dickbreiigflüssige bräunliche Substanz (Kot) aus.

Urin

Der Urin (ein gelbliches und mehr oder weniger stark riechendes Körperwasser) wird etwa zwei oder dreimal pro Gezeit abgesetzt. Die Menge der Ausscheidung richtet sich nach der zugeführten Flüssigkeitsmenge und der Umgebungstemperatur.

Jüngere männliche Ziermenschen geben den Urin stehend in einem festen Strahl, ältere männliche Ziermenschen auch durchaus nur tröpfelnd ab, während Weibchen sich dazu setzen müssen. In neuesten Zuchtbuchdokumentationen wird von einzelnen männlichen Ziermenschen berichtet, die sich, ebenso wie Weibchen, beim Urinieren setzen. Das ist als eine, wenn auch harmlose, Verhaltensstörung zu werten.

Blutbeimengungen im Urin sind bei Weibchen, wenn sie nur über wenige Gezeiten pro Mondphase gesehen werden, normal. Treten sie häufiger oder bei einem männlichen Exemplar auf, sollten Sie einen Ziermenschenarzt zu Rate ziehen. Es könnte eine Erkrankung vorliegen.

Ziermenschen, die nur noch sehr wenig oder gar keinen Urin produzieren, sind stets lebensgefährlich erkrankt und stehen kurz vor dem Verenden! Ebenso deutet **Dauerurinieren** auf ernsthafte Schäden der Harnorgane hin. Vergorene Pflanzensäfte hingegen regen die Urinproduktion an, ohne dass ein gesundheitlicher Schaden vorliegt.

In einigen wasserheilkundlichen Tangrollen wird die **Urintherapie** zur Heilung vieler Krankheiten angepriesen. Dabei wird dem erkrankten Ziermenschen über mehrere Gezeiten der Urin, den er ausscheidet, wieder in die Maulhöhle eingegeben. Abgesehen davon, dass diese Methode sehr aufwändig ist und eine Isolation der erkrankten Exemplare erfordert, hat sie bisher keine wissenschaftlich nachweisbaren Erfolge erbracht. Der einzige Vorteil dieser Behandlung liegt in der enormen Einsparung von Süßwasser.

Kot

Menge und Beschaffenheit des Kotes hängen von der Art und Menge des zuvor gefressenen Futters ab. Fester, sehr harter Kot lässt sich einfach entsorgen. Breiiger bis flüssiger Kot, der beim Absetzen in alle Richtungen spritzt, wird häufig von Ziermenschen abgesetzt, die zuvor Früchte im Übermaß gefressen haben. Die Reinigung der Ausscheidungsstelle gestaltet sich dann meist sehr aufwändig. Ein Grund mehr, auf eine ausgewogene Ernährung zu achten! Erfahrene Züchter können an der Kotbeschaffenheit

62

vielfach Rückschlüsse auf den Gesundheitszustand ihrer Ziermenschen ziehen:

Der Kot eines gesunden Ziermenschen ist braun und gut geformt. Er zerfällt nicht.

Zu **harter, krümeliger Kot**, der beim Absetzen Schmerzen verursacht, weist auf eine Verengung des Darmkanals oder zu geringe Flüssigkeitszufuhr hin und kann durch Verabreichung von eingedicktem Quallenschleim reguliert werden. Der Quallenschleim kann oral (in die Maulhöhle) oder rektal (in den After) eingegeben werden.

Breiiger Kot deutet (außer bei Obstfressern) auf eine Darmentzündung hin.

Alarmzeichen **sind Blutbeimengungen, weißer oder schwarzer Kot**. Hilfreich ist hier meist der sofortige Futterentzug über ein bis zwei Gezeiten. Trinkwasser muss jederzeit zur freien Verfügung stehen. Nach der Hungerphase, in der sich der Darm in der Regel erholt, sollte noch über mehrere Gezeiten hinweg eine strenge Diät aus getrockneten Algen und Süßwasser eingehalten werden.

Wenn sich die Kotbeschaffenheit durch die beschriebenen Diätmaßnahmen nicht verbessert und es sich bei dem kranken Ziermenschen um ein wertvolles Zucht- oder Liebhaberexemplar handelt, sollten Sie einen **Ziermenschenarzt** konsultieren. Bei weniger wertvollen Ziermenschen lohnen sich die Ausgaben für eine ziermenschenärztliche Behandlung meist nicht. Die Entsorgung ist in einem solchen Fall rentabler.

Bei **fadenförmigen, weißen und oft beweglichen Kreaturen auf dem Kot** und in der Kotmasse handelt es sich um Würmer. Ziermenschen infizieren sich mit Würmern in der Regel durch den Verzehr von Nacktschnecken. Die meisten Wurmarten sind nicht nur harmlos, sondern stärken zudem die körpereigene Abwehr. Einem Massenbefall können Sie mit einem Gemisch aus pürierten Seegurken und Quallenschleim begegnen, das den Betroffenen über einen Einfuhrschlauch durch den Schlund direkt in den Magen eingegeben wird.

Selbst normaler Kot riecht sehr stark und sollte stets umgehend entsorgt werden. Da Wasser den Geruch bindet, empfiehlt sich eine in der Mitte aufgebohrte Muschelschale, auf die sich die Ziermenschen setzen und die Ausscheidungen in sie hineinfallen lassen können. Die Fäkalien werden dann entweder direkt über ein Ventil ins Meerwasser geschleust oder von den Putzkrabben regelmäßig, mindestens einmal pro Gezeit, entsorgt. Der ideale Standort der Muschelschale sollte abgelegen und wenig einsichtig in der Nähe der Nasszelle sein, damit sich die Ziermenschen in Ruhe entleeren und danach reinigen können. Beobachtungen haben gezeigt, dass manche Ziermenschen ihre Ausscheidungen übermäßig lange zurückhalten, wenn sie sich beobachtet fühlen. Das kann zu innerer Vergiftung führen. Im Gegensatz dazu gibt es jedoch auch Ziermenschen, die völlig ungeniert die Ecken des Terrariums oder sogar angepflanzte Bonsaibäumchen mit Urin verschmutzen. Es handelt sich dabei so gut wie immer um männliche Exemplare. Sie sollten, um dieses Verhalten zu unterbinden, schnellstmöglich kastriert werden. Wenn die Kastration das Markieren nicht verhindert, empfiehlt es sich, den verhaltensgestörten Ziermenschen entweder zurückzugeben oder entsorgen zu lassen, um weitere Verschmutzungen und die Verpestung der Atemluft zu verhindern.

Körperpflege und Hygiene

Die bunt in ihrem Farbenspiel schillernden Ziermenschen werden Sie nur dann über längere Zeit erfreuen, wenn die Grundbedingungen zu ihrer Gesunderhaltung gewährleistet sind. Dazu gehören, neben optimalen Umweltbedingungen im Terrarium, eine gesunde, nicht zu üppige Fütterung und eine gründliche Körperpflege. Nur so ist gewährleistet, dass Ihre Ziermenschen farbenprächtig bleiben, fröhlich sind und die Weibchen schnell und wiederholt gedeckt werden.

Manche Ziermenschen neigen dazu, die Körperpflege zu vernachlässigen, sofern Sie nicht energisch einschreiten. Verschmutzte Pobacken und ein

64

starker Gestank nach Buttersäure sowie sichtbare Schmutzkrusten am ganzen Körper sind deutliche Hinweise für mangelnde Hygiene.

Lassen Sie solche Ziermenschen von Putzkrabben unter der Dusche abschrubben. Achten Sie darauf, dass dabei nicht die dünne und empfindliche Haut eingerissen wird. Schließlich bilden die intakten und einheitlich schön pigmentierten Häute Ihrer Terrariumsbewohner das Kapital Ihrer Zucht!

Besonders aufmerksam muss die Umgebung um den After (dort wo der Kot in die Außenwelt abgegeben wird) kontrolliert werden. An den dort häufig vorhandenen Haaren bleiben gerne Kotpartikel hängen. Die Haare sollten von umsichtigen Putzkrabben regelmäßig abgezwickt werden.

Ist die Schmutzschicht bereits zu stark geworden, fluten Sie das Terrarium und lassen Sie die verdreckten Ziermenschen im Meerwasser einweichen. Das löst selbst tief eingefressene Schmutzkrusten von den Körpern ab und führt in Zukunft zu einer achtsameren Einstellung dem eigenen Körper gegenüber. Achten Sie jedoch darauf, dass die Köpfe der Ziermenschen nicht zu lange unter Wasser bleiben. Der Luftvorrat in den Lungen ist begrenzt. Was nützen Ihnen saubere, aber ertrunkene Ziermenschen?

Pflege bei Abwesenheit

Ein gut eingespieltes Team arbeitswilliger und nicht bissiger oder kneifwütiger Putzkrabben wird Ihnen in der Regel sämtliche Sorgen abnehmen, so dass Sie sich auch länger auf Besuch bei Verwandten in einer anderen Bucht aufhalten können. Dennoch sollten Sie vorsichtig planen. Vor einer längeren Abwesenheit empfiehlt es sich, einige kurze "Generalproben" durchzuführen, um die Zuverlässigkeit Ihrer Krabben zu prüfen. Finden sich dann Biss- oder Zangenverletzungen an den Gliedmaßen der Ziermenschen, so deutet das darauf hin, dass die Putzkrabben ihren Kompetenzbereich überschritten haben.

Kontrollieren Sie das Gewicht Ihrer Ziermenschen sowie die Nahrungsvorräte. Nicht selten verschwinden größere Mengen davon in den Mägen der Krabben, während die Ziermenschen hungern und immer dünner werden.

Doch auch wenn während einer Abwesenheit die Pflege des Terrariums zu Ihrer Zufriedenheit erledigt worden ist, sollten Sie misstrauisch sein. Putzkrabben ohne Kontrolle sind unberechenbar. Wenn Sie sich länger als eine Gezeit aus Ihrer Höhle entfernen, bitten Sie am besten einen Nachbarn oder Freund, die Arbeit der Krabben regelmäßig und auffällig zu kontrollieren. Nur Putzkrabben, die sich beobachtet fühlen, nehmen sich zusammen und unterdrücken ihre räuberischen Instinkte.

Neue Putzkrabben sind zunächst einmal durch erfahrenes Personal einzuarbeiten. Besorgen Sie sich stets nur **Güteputzkrabben** mit Zertifikat und lassen Sie sich niemals auf den Kauf ausgedienter Exemplare ein! Es handelt sich oft um nicht mehr weiter vermittelbare Einzelstücke, die zwar zu einem stark herabgesetzten Preis bei Fischbay gehandelt, Ihnen aber mehr Schaden als Nutzen einbringen werden.

Verhalten

Welche Ziermenschen eignen sich zur Zucht oder passen gut in eine Gemeinschaft? Auf diese Frage gibt es eine ganz einfache Antwort: Probieren Sie es aus!

Grundsätzlich können alle Arten von Ziermenschen miteinander in Harmonie leben. Leider kann aber auch das Gegenteil der Fall sein. Ob sich Ziermenschen verstehen ist unabhängig von Geschlecht, Alter, Rasse oder Herkunft. Ebenso unerheblich ist in diesem Zusammenhang, wie lange einzelne Exemplare bereits miteinander gelebt haben. Ganz plötzlich - aus für uns meist unersichtlichen Gründen - können Streit und Feindseligkeiten aufflackern, die ein weiteres Zusammenleben unmöglich machen. Aber auch das Gegenteil kann passieren. Es wird immer wieder gesehen, wie sich erbitterte Feinde selbst nach Gewaltakten (z.B. Schlägereien) wieder versöhnen und von diesem Zeitpunkt an in Eintracht miteinander leben. Warum das so ist, konnte bisher nicht geklärt werden.

Gewaltakte unter Ziermenschen können rituell gedämpft ausgetragen werden oder sich auch bis zum gegenseitigen Tötungsversuch steigern. Das zu unterscheiden erfordert viel Erfahrung (und manche schmerzliche Verluste gerade unter den potenten Zuchtmännchen). Bei ernsteren

Auseinandersetzungen sollten Sie die Kontrahenten durch Putzkrabben trennen lassen. Sollten ernsthafte Kämpfe immer wieder aufflackern, ist eine Kastration des Aggressors (sofern man ihn ermitteln kann) dringend zu empfehlen. Allerdings eignet sich ein kastriertes Männchen dann nur noch als Liebhaberobjekt. Für die Zucht ist es natürlich unbrauchbar geworden. Wenn Ihr Terrarium bereits voll besetzt ist, ist es sinnvoller, ein solches Männchen auszutauschen. **Ziermenschenschutzvereine** nehmen solche Männchen gerne auf und vermitteln sie an Liebhaber, die ausschließlich kastrierte Männchen in ihrer Horde halten. Manche Vereine bestehen sogar auf die Kastration, bevor sie überhaupt eine Flosse zur Vermittlung rühren.

Die **Kastration** darf indes nur durch einen fachkundigen Ziermenschenarzt durchgeführt werden. Es ist strafbar, Putzkrabben dazu im Gebrauch ihrer Scheren anzulernen! Die Fälle von verbluteten und verendeten Ziermenschen nach solch illegalen Eingriffen häufen sich in den letzten Gezeiten erschreckend.

Grundvoraussetzung für ein harmonisches Zusammenleben Ihrer Ziermenschen ist eine stressfreie Umgebung und, das kann nicht oft genug betont werden, eine artgerechte Haltung. Neben optimalen klimatischen Bedingungen, Sauberkeit und vollwertiger Ernährung ist die Platzfrage einer der kritischsten Punkte bei der Ziermenschenhaltung. Wenn ein Terrarium mit Bewohnern, Einrichtungs- und Dekorationsgegenständen derart vollgestopft ist, dass sich die einzelnen Ziermenschen nicht mehr aus dem Weg gehen können, treten eskalierende Streitereien (und auch Erkrankungen) sehr häufig auf. Man bezeichnet dieses Phänomen als **Crowding-Effekt**.

Dennoch können Gewaltakte auch bei optimalen Haltungsbedingungen auftreten. Die Ursache dafür sind meist psychisch gestörte Exemplare, die zum Teil unberechenbar sind und sich in die Gemeinschaft nicht einfügen können. Es ist nicht immer leicht, solche Verhaltensstörungen beim Kauf zu erkennen. Deshalb ist es wichtig, ein paar **grundsätzliche Verhaltensmuster** zu kennen, die auf eine psychische Störung hindeuten. Dazu gehören einerseits eine auffallende Aggressionsbereitschaft gegenüber anderen Ziermenschen, sowie das übermäßige Absondern von der Gemeinschaft.

Es kann nicht oft genug gewarnt werden: Lassen Sie sich nicht allein von den leuchtenden Hautpigmenten oder der schimmernden Bebänderung der Haut bei Ihrer Wahl leiten! Denn im Verhalten stark auffällige Ziermenschen können Ihre ganze Horde durcheinander bringen und in ständigem Aufruhr versetzen, der letztlich jeden Zuchtplan zunichtemacht. Kaufen Sie niemals vorschnell nach dem ersten Eindruck, sondern schwimmen Sie ruhig noch einmal zur nächsten Outletklippe hin und trinken Sie dort eine Muschelschale frisch gepressten Tangwurzelsaft, bevor Sie dann später den Ziermenschen Ihrer Wahl abholen.

Nehmen Sie auf jeden Fall Abstand vom Kauf, wenn ein Ziermensch spuckt, um sich beißt, schlägt oder tritt, aber auch dann, wenn er ganz in sich zurückgezogen ist und keinerlei Kontakt zu Artgenossen hat. Solche Exemplare sind ganz offensichtlich gestört.

Zu den Verhaltensstörungen wird auch die hin und wieder auftretende oder permanente Verweigerung des Deckaktes gezählt. Dies zeigt sich jedoch meist erst, wenn fisch mit den Neukäufen in der heimischen Höhle angekommen ist. Dennoch lässt sich dem auch hier schon beim Kauf durch einfache Auswahlkriterien vorbeugen:

Manche Ziermenschen, die auf den ersten Blick gut zu verpaaren scheinen, lehnen sich dennoch gegenseitig ab. Solche Störungen treten häufig auf, wenn sich Männchen und Weibchen zu ähnlich sind. Deshalb achten Sie stets auf eine gewisse Variation in der Farbwahl, Körpergröße und im Wesen der einander zugedachten Partner. Gerade Gegensätze ziehen sich oft an und können interessante neue Komponenten in Ihre Zucht einbringen. Vermeiden Sie stets Einfarbigkeit als Zuchtziel! Befragen Sie den Verkäufer auf Vorlieben der gewählten Exemplare. Manche Ziermenschen sind auf Deckpartner fixiert, die sehr dünn, sehr korpulent, dominant, verspielt, zurückgezogen, dunkel- oder hellhäutig sind.

Die Körpergröße spielt bei der Akzeptanz des Partners oft eine bedeutende Rolle. Hier gilt als Richtwert, dass das Weibchen kleiner oder höchstens gleichgroß wie das Männchen sein sollte. Verschiedenfarbige Ziermenschen haben oft anfänglich eine gewisse Abscheu voreinander, die offensichtlich nicht nur von den unterschiedlichen Farbschattierungen herrührt. Es scheint auch der ungewohnte, andersartige Geruch, der von den einzelnen Rassen ausgeht, sowie körperliche Besonderheiten, wie z.b. wulstige oder schmale Lippen, platte oder knollenförmige Nasen, abstehende oder kaum vorhandenen Ohren zu sein, der Ziermenschen auf Distanz zu Artgenossen hält. Hier ist ein wenig Geduld gefordert. Das ablehnende Verhalten kann sich mit der Zeit durch Gewöhnung an die Andersartigkeit des Partners durchaus ins Positive verändern.

Beachten Sie auch stets das nicht selten vorkommende Phänomen der **Homosexualität** bei beiden Geschlechtern, das dem Erfolg Ihrer Zucht ernsthafte Probleme bereiten kann. Ob Sie dieses Phänomen in Ihrer Horde dulden wollen, hängt vom verfügbaren Platz und sicherlich nicht zuletzt von der Attraktivität der homosexuellen Paare ab. Wenn auch beim Deckakt solcher Paare keine Nachkommen erzeugt werden, so kann der gleichgeschlechtliche Geschlechtsverkehr eine interessante Abwechslung bei der Zuchtschau bieten. Ihre Freunde werden Sie um die dabei auftretenden, oft spannenden tiefe Einsichten beneiden.

Vielfach wird beobachtet, dass sich selbst harmonisch verpaarte Pärchen auf mehrere Gezeiten hin plötzlich aus dem Weg gehen und sich im Terrarium an gegenüberliegenden Ecken aufhalten. Greifen Sie in einem solchen Fall nur dann dirigistisch ein, wenn dadurch Ihr Zuchtplan empfindlich gestört wird. Eine Methode ist z.B. die Isolierung des Pärchens in einem anderen Terrarium bis zum vollzogenen Deckakt. Der in der Regel stark ausgeprägte Sexualtrieb des Männchens wird sich bei Mangel an anderen Partnerinnen nach einiger Zeit wieder auf das von ihm vorab verschmähte Weibchen konzentrieren. Wichtig ist, dass das Paar dabei über genügend Platz verfügt, um sich aus dem Weg zu gehen und damit die erneute Annäherung langsam erfolgen kann.

Der Einschluss eines Pärchens in einem Verschlag über mehrere Gezeiten hinweg ist indes nicht zu empfehlen. Ein solches Vorgehen führt nur in den seltensten Fällen zum gewünschten Resultat. Oft kommt es dann in dem engen Verschlag durch aggressive Handlungen zu Verletzungen oder gar zum Tod eines oder beider Partner.

Manchmal liegt einer **Paarungsunwilligkeit** auch ein organischer Fehler zugrunde. Bevor Sie vorschnell ein vielleicht besonders schön gefärbtes Exemplar aussondern, sollten Sie daher einen Ziermenschenarzt aufsuchen. Manchmal genügt ein kleiner, preiswerter chirurgischer Eingriff (z.B. bei einer **Phimose**, bei der das Ausschachten des Geschlechtssporns durch eine zu enge Vorhaut verhindert wird), um das Problem zu beseitigen. Fragen Sie jedoch den Ziermenscharzt, ob der körperliche, die Kopulation verhindernde Fehler bei Ihrem Ziermenschen vererblich ist. Wenn das der Fall ist, sollten Sie das Exemplar von der Zucht ausschließen.

Manche Ziermenschen (es sind meist die asketisch dünnen) sind über eine gewisse Zeit hinweg absolut deckunwillig. Sie ziehen sich zurück und hocken sich mit seltsam verschränkten Beinen auf den Boden oder auf das Bettgestell. Dort verharren sie in dieser Stellung mit geschlossenen Augen durchaus bis zu mehreren Gezeiten lang. Es handelt sich dabei um eine Verhaltensstörung, die jedoch meist von selbst vorübergeht. Lassen Sie diese Ziermenschen ab und an von Putzkrabben wenden, damit sie sich nicht wund sitzen. Sollte der Zustand über mehr als 5 Gezeiten anhalten, ist jedoch mit einer Besserung nicht mehr zu rechnen. In diesem Fall sollte der Ziermensch entsorgt werden. Ein Verkauf solch gestörter Exemplare ist nicht möglich.

Auch über das Gegenteil von Rückzug, die absolute **sexuelle Enthemmung**, wird von Zuchtwarten berichtet. Diese überaktiven Ziermenschen (Männchen und Weibchen, wobei der Prozentsatz von Männchen mit diesen Verhaltensstörungen überwiegt) stören das friedliche Zusammenleben einer Horde durch ihren permanenten und überbordenden Sexualtrieb. Dieses Problem kann oft nur durch Kastration oder Austausch des gestörten Exemplars behoben werden.

Sinnvoll ist es, sehr unterschiedliche Charaktere zu verpaaren, deren Anlagen sich dann bei der Brut vermischen und zu einem harmonischen Ausgleich führen. So sind z.B. sehnige und schlanke Typen meist jähzornig. Zum Ausgleich sollten sie mit dicken, weichlich erscheinenden Typen gekreuzt werden, die eher phlegmatisch vom Charakter her sind. Temperamentvolle, übersprudelnde Ziermenschen, die stets fröhlich sind und lachen, sollten vorzugsweise mit stillen und zur Schwermut neigenden Exemplaren verpaart werden. Sie schaffen damit nicht nur einen Ausgleich in den Genen der Nachzucht, sondern auch in der Beziehung der Paare untereinander.

Sportlich athletische Typen bedürfen der Ausbremsung des oft überschießenden Bewegungsdrangs durch schwerblütig dickliche Typen. Diese fallen sonst leicht ihrer Fresssucht durch Verfettung zum Opfer, wenn sie nicht von den sportlichen Ambitionen, der Ausdauer und körperlichen Belastbarkeit ihrer Partner, mit denen sie mithalten müssen, davon abgehalten würden, ihrem Fresstrieb hemmungslos nachzugehen.

Geistig schwerfällige Typen, die dazu neigen, abwesend im Terrarium zu hocken und lediglich in die Luft zu stieren, werden oft durch geistig rege Exemplare aus ihrer Trägheit heraus gelockt.

Gerade die oft unerwarteten psychischen Ereignisse in einer Zweierbeziehung und in der Nachzucht dieser einzelnen Kreuzungen sind die interessanten Dinge, die das Herz eines jeden Züchters höher schlagen lassen und auch zu einem gewissen Namen in der Fachwelt führen können.

In der Kombination von Farben mit Charaktereigenschaften liegt sicherlich die Zukunft der Ziermenschenzucht.

Bei allen Zuchtexperimenten ist es jedoch sehr wichtig, die Fruchtbarkeitsrate zu kontrollieren. Viele der faszinierenden Neuzüchtungen erweisen sich in der dritten oder vierten Generation als steril. Bereits bei einer 30% geringeren Fruchtbarkeitsrate innerhalb einer Fortpflanzungsphase sollten Sie Ihr Zuchtziel ändern.

Eine Zuchtrichtung, die von konservativen Züchtern belächelt und nicht selten als "Meerspinnerei" abgetan wird, zielt darauf ab, Ziermenschen als Spiegelbild der eigenen Wesensart zu erzeugen. Es gibt tatsächlich ähnliche Verhaltensweisen zwischen uns und diesen Bonsaigeschöpfen aus der Trockenwelt, auch wenn das von den Gegnern dieser Zuchtrichtung entschieden bestritten wird. Als Zuchtziel gilt dabei, diese Verhaltensweisen zu verstärken.

Es ist schon eine merkwürdige Vorstellung, behäbig im Kies zu liegen und sich dabei das Spiegelbild seines eigenen Charakters in einem Terrarium anzuschauen. Einerseits stehen diese Bonsaimenschen in ihrer geistigen und körperlichen Entwicklung so weit unter uns und sind uns andererseits dennoch wesensverwandt. Das sollte uns, besonders im Hinblick auf einen konsequent praktizierten Ziermenschenschutz, zum Nachdenken anregen.

Verhaltensmuster

Gebärdenflosseln und Lautgebung

Eines der ersten Merkmale, die beim Kauf von Ziermenschen ins Auge stechen (und dies ist sicherlich, außer dem eigenwilligen Farbenspiel ihrer Haut, einer der hauptsächlichen Gründe, weshalb die Haltung der Bonsaimenschen immer mehr Liebhaber findet), ist ihr abwechslungsreiches Gebärden"flosseln", das in einem bisher noch nicht einwandfrei entschlüsselten Zusammenhang mit den dabei oft gleichzeitig abgegebenen Tönen steht.

Obwohl von angesehenen Ziermenschenforschern nach wie vor behauptet wird, dass die Lautgebung keinerlei Sinn ergebe, möchte ich dem energisch entgegenflosseln. Es handelt sich jedoch um ein so komplexes Geschehen, dass, um endgültig darüber zu flosseln, noch weitere, umfangreiche Forschungen betrieben werden müssen. Viele Aufzeichnungen aus Zuchtbüchern aufmerksamer Züchter berichten von Lauten, die von Ziermenschen abgegeben werden, um sich über weite Strecken mit Artgenossen zu verständigen. Setzt fisch Ziermenschen aus verschiedenen Ursprungsregionen (z.B. Polargebiet, Tropen oder Urwald) zusammen, so sieht fisch, dass über einige Gezeiten hinweg zur gegenseitigen Verständigung ausschließlich Gebärden verwendet werden. Nach und nach kommen dann, zunächst einfache, später immer ausdifferenziertere Laute hinzu, die nach kurzer Gezeit von der ganzen Horde nachgeahmt werden.

Die frisch aus dem Leib geworfene Brut verfügt zunächst nicht über die Lautvielfalt und Lautvariationen wie erwachsene Ziermenschen. Sie stößt nur schrille und in keiner Weise artikulierte Töne aus. Erst nach einigen Mondphasen differenzieren sich die Töne und gleichen sich den Lauten der Horde an.

Ob an all diesen Beobachtungen wirklich etwas dran ist oder ob es sich bei der Interpretation lediglich um Wunschdenken oder tatsächlich um ein rudimentäres Flosseln handelt, muss durch wissenschaftliche Studien (z.B. Doppelblindstudien) noch geklärt werden.

Vieles flosselt dafür, dass die Laute und Töne einen Sinn ergeben, unter anderem auch die Tatsache, dass manche Lautäußerungen körperliche Reaktionen (Lachen, Weinen, Gewalttätigkeiten) bei anderen Ziermenschen hervorrufen. Warten wir die Ergebnisse weiterer Forschungen ab. Die Zukunft wird sicherlich noch viele interessante Entdeckungen zu diesem Thema für uns bereithalten.

Lachen

Sollten Sie mit den Gewohnheiten der Ziermenschen noch nicht vertraut sein, werden Sie bei dieser manchmal lautstarken Gebärde heftig erschrecken. Es gibt verschiedene Abstufungen des Lachens.

Bei einem Schmunzeln zieht sich das Maul widerlich breit. Beginnt das Lachen sich lautlich Ausdruck zu verschaffen, verzerren sich die ohnehin unansehnlich gefelderten Gesichter der Ziermenschen zu einer hässlichen Fratze. Die gelbbraunen Zähne oder Zahnstummel werden sichtbar.

Dazu quillt aus dem weit aufgesperrten Maul ein scheppernder Laut heraus. Durch die Vibrationen, die durch diese explosionsartigen Laute entstehen, wird der ganze Körper des Bonsaimenschen durchgeschüttelt.

Manche Ziermenschen werfen sich zu Boden, ganz gleich, wie schmutzig oder verkotet er ist, und wälzen sich dort. Unerfahrene Ziermenschenhalter könnten dieses Verhalten als Folgen einer Kolik (schwere Bauchkrämpfe) interpretieren. Mancher Fisch ist geneigt, bei wertvollen Exemplaren sofort einen Ziermenschenarzt zu holen oder den Ziermenschen umgehend von seinen angeblichen Leiden zu erlösen.

Bleiben Sie gelassen, flosseln Sie ruhig vor sich hin und warten Sie ein paar Wellenphasen ab. Wenn es sich bei dem für Sie ungewohnten Verhalten um exzessives Lachen handelt, dauert es meist nicht lange, bis der Ziermensch (oft mit Augenflüssigkeit verschmiertem Gesicht) wieder aufsteht und sich dann normal verhält.

Weinen

Auch diese sehr impulsive Emotionsäußerung (siehe auch Gefühle) sollten Sie von Krankheitssymptomen unterscheiden können. Beim Weinen wird in der Regel das Gesicht, ähnlich wie beim Lachen, zu Grimassen verzogen. Dabei werden nicht selten auch Laute ausgestoßen. Typisch für diese Verhaltensweise ist das Austreten von Flüssigkeit aus den Augenhöhlen, die tropfenweise oder in großen Mengen an den Wangen herunter läuft. Beobachtungen haben gezeigt, dass körperlicher und seelischer Schmerz (in Ausnahmefällen auch übergroße Freude) Auslöser für das Weinen sein können. Jungexemplare weinen häufig, wenn sie hungrig sind oder vernachlässigt werden. In jedem Fall liegt dem Weinen eine sehr große, meist negative Emotion zugrunde, unter der die Fruchtbarkeit und damit Ihr Zuchterfolg Schaden erleiden können. Besonders wenn wertvolles Zuchtmaterial häufig weint, sollten Sie baldmöglichst versuchen, die Ursache dafür zu finden, um Gegenmaßnahmen ergreifen zu können und damit den finanziellen Verlust im Rahmen zu halten.

Tanzen

Hin und wieder geschieht es, dass eine Gruppe von Ziermenschen, manchmal auch Paare oder einzelne Exemplare, in ein rhythmisches Zucken verfallen. Verwechseln Sie dieses Verhalten nicht mit Epilepsie (siehe Krankheiten). Beim sogenannten Tanzen sind die Zuckungen regelmäßiger, die Ziermenschen verlieren nicht die Fähigkeit aufrecht zu stehen und in der Regel auch nicht das Bewusstsein. Begleitet wird dieses Verhalten von Lachen, Schreien und teilweise schrillen Lautäußerungen. Achten Sie auf die einzelnen Körperbewegungen und Sie werden mit der Zeit einzelne, immer wiederkehrende Figuren aus Kreisen, Drehungen und Wechseln der eingenommenen Positionen erkennen, die trippelnd oder hüpfend mit den Beinen, mit dabei weit ausgestellten oder um den Partner geschlungenen Armen vollführt werden. Teilweise erinnert diese Bewegungsart an das silbern funkelnde Spiel der Wellen an der Wasseroberfläche. Möglich, dass sie sich von dort her ableitet.

Mit selbst hergestellten Geräten aus Muscheln, Knochen oder gebogenen Tangstängeln erzeugen Ziermenschen, die meist am Rande des Geschehens sitzen, Töne, die den Bewegungen der Tanzenden manchmal rhythmisch erstaunlich ähnlich sind.

Es wird berichtet, dass einzelne übermäßig engagierte Züchter versuchen, diese zuckenden und kreisenden Bewegungen der Ziermenschen im Freiwasser nachzuahmen, um den dabei auftretenden Regelmäßigkeiten besser auf die Spur zu kommen. Sie werden oft belächelt. Viele Eigenheiten unserer Ziermenschen scheinen mit der Zeit wohl doch auf uns abzufärben.

Rülpsen, Furzen, Popeln und Zeigen von Geschlechtsteilen

Je nach Herkunft und Charakter Ihrer Ziermenschen werden Sie manche Verhaltensweisen entweder so gut wie niemals oder öfters vorgeführt bekommen. Damit Sie sie erkennen und bezüglich des Gesundheitszustand und der Fortpflanzungsfähigkeit als harmlos einordnen können, sollen sie hier nicht unerwähnt bleiben. Meist handelt es sich um ein Gruppenverhalten, das von einem einzelnen Exemplar initiiert und dann von der Horde oft mehrmals wiederholt wird. Oft sind die Gebärden oder Lauterzeugungen mit anschließendem Lachen verbunden. Da Lachen die Gesundheit und die Fortpflanzungsfähigkeit Ihrer Ziermenschen fördert, sollten Sie die nachfolgend beschriebenen Verhaltensweisen eher fördern als behindern.

Als **Rülpsen** wird die Erzeugung eines tiefen und röhrenden Tons bezeichnet, der durch den Ausstoß von Luft aus dem Magen über die Maulhöhle nach außen entsteht. Je länger dieser Ton anhält, je lauter er ist, desto glücklicher erstrahlt das Gesicht des Erzeugers.

Zuchtwarte berichten über Wettbewerbe unter Ziermenschen, wer den längsten, schönsten, am deutlichsten ausgeformten und lautesten Ton erzeugen kann. Die ausgestoßene Luft riecht säuerlich bis leicht fruchtig. Nicht immer wird der Rülpston willentlich erzeugt. Manchmal (z.B. nach zu schnellem Fressen) entweicht die Luft ungewollt, was deutlich an dem verschämten Gesichtsausdruck des Rülpsenden zu erkennen ist.

Furzen nennt fisch das Gegenteil von Rülpsen. Beim Furzen entweichen Gase aus dem After, wodurch pfeifende, knatternde oder auch leise zischende

Töne entstehen. Normalerweise wird dabei kein Kot abgesetzt, außer der Ziermensch befindet sich sowieso gerade bei der Darmentleerung.

Die früher häufig vertretene Ansicht, die aus dem After austretenden Gase seien leicht entzündbar und für Terrariumsbrände verantwortlich zu machen, hat sich zwar nicht bestätigt. Wenn Ihre Ziermenschen jedoch häufig furzen, empfiehlt es sich, zur Sicherheit einen zusätzlichen Rauchmelder im Innern des Terrariums anzubringen. Da viele Fürze durch ihren penetranten Geruch die Atemluft verderben, sollten Sie bei einer furzfreudigen Horde die Belüftungsanlagen auf eine höhere Stufe einstellen.

Beim **Popeln** werden durch Einführen eines Fingers in eine Nasenöffnung von dort eingetrocknete Sekrete entnommen, mit den Fingern zu kleinen Kugeln gedreht und danach weggeschnipst oder, wenn sie noch feucht sind, unter Tische oder Stühle geklebt. Manche Ziermenschen fressen die Nasenrückstände, was jedoch keinen negativen Einfluss auf die Gesundheit oder Verdauung zu haben scheint. Das Popeln dient in der Regel nicht dazu, um (wie beim Rülpsen oder Furzen) auf sich aufmerksam zu machen und löst unter Ziermenschen auch kein Gelächter aus, sondern es ist eher eine Tätigkeit, die sehr konzentriert im Stillen ausgeübt wird.

Das **Zeigen von Geschlechtsteilen** kann entweder als Aufforderung zur Kopulation oder als Verhaltenstörung gedeutet werden. Wenn das Gesicht dabei zu einer grimmigen Grimasse verzogen wird, scheint die Gebärde eher Ausdruck von Aggression als Balzverhalten zu sein.

Manchmal reiben Männchen in Gruppen demonstrativ solange ihre ausgefahrenen Geschlechtssporne, bis die Samenflüssigkeit (ein weißlicher Saft) in einem Strahl herausspritzt. Danach wird die Länge der Auswurfbahn der Flüssigkeit von ihrem Austritt aus dem Geschlechtssporn bis zum Auftreffen auf den Boden gemessen. Sieger ist der Ziermensch, dessen Auswurfbahn am längsten ist. Er wird mit einer Muschelschale voll vergorenem Pflanzensaft belohnt. Dieses Gruppenverhalten ist ein Imponiergehabe unter geschlechtsreifen Männchen und als harmlos zu beurteilen.

Weibchen neigen eher dazu, ihre sekundären Geschlechtsteile (das Gesäuge) zu zeigen, vor allem, wenn sehr warme Punktstrahler über dem Pool und dem davorliegenden Sand angebracht sind. Sie liegen dann über längere Gezeit mit geschlossenen Augen im Sand und tun gar nichts.

Wiederholtes oder dauerhaftes Zeigen von Geschlechtsteilen wird in Züchterkreisen auf eine fehlerhaft verlaufene Sozialisation zurückgeführt. Das Phänomen tritt hauptsächlich bei Exemplaren auf, die zu früh aus der Horde entfernt und verkauft wurden.

Balzverhalten

Für Züchter und Halter von Ziermenschen ist es von entscheidender Bedeutung, die Ausdruckformen der Balz richtig einzuschätzen, um sie von Verhaltensstörungen abgrenzen zu können. Leider ist dies nach wie vor ein Gebiet, auf dem noch viel Feldforschung nötig ist, um die Vielzahl an Ausprägungsformen richtig interpretieren und katalogisieren zu können.

Ein sorgfältig austarierter Zuchtplan berücksichtigt durchaus auch ein gewisses Maß an freier Partnerwahl, wodurch fisch zusätzlich in den Genuss kommt, das interessante und vielgestaltige Balzverhalten von Ziermenschen zu beobachten.

Nur aufmerksame Beobachter bemerken, dass die Balz so gut wie immer von dem Weibchen eröffnet wird. Es ist meist nur ein einziger auffordernder Blick, den fisch leicht übersehen kann, aber der die Männchen dazu veranlasst, durch unterschiedliche, für uns teilweise abstruse Gebärden und Verhaltensweisen um das Weibchen zu werben. Ebenso kann auch ein Blick des umworbenen Weibchens mit dabei meist starrer, abweisender Gesichtsmimik das bereits begonnene Balzverhalten von Männchen augenblicklich stoppen.

Ist das Weibchen jedoch an dem Männchen interessiert, sendet es als Einverständnis für eine Annäherung folgende Signale aus:

- Das Gesäuge wird weniger durch Tangblätter verdeckt

- Die Lippen werden mit auffallender Pflanzenfarbe, deren Ton der Färbung des Geschlechtsteils sowie der Gesäugewarzen entspricht, bestrichen.

- Die Augen werden dunkel umrandet, wahrscheinlich, so vermutet fisch, um sie größer erscheinen zu lassen.

- Die Gesäßbacken werden beim Gehen stärker herausgedrückt und schwingen, je nach Fettpolsterung, bei jedem Schritt mehr oder weniger stark zu den Seiten aus.

- Der gesamte Körper wird mit Pflanzen- oder Obstsäften eingerieben, um einen etwas stechenden, manchmal süßlichen oder herben Geruch zu verbreiten.

- Die Stimme hellt sich auf.

- Es wird häufiger ohne ersichtlichen Anlass gelacht und dabei das Gebiss gezeigt.

- Das werbende Männchen wird für wenige Wellenphasenbruchteile angeschaut. Reagiert es auf den Blick, sieht das Weibchen augenblicklich in eine andere Richtung und zeigt sich unbeteiligt.

Als typisches Balzverhalten von Männchen konnten folgende Verhaltensweisen interpretiert werden:

- Das Männchen baut sich mit geschwellter Brust vor dem Weibchen auf und stolziert vor ihm auf und ab.

- Das Männchen versucht, dem Weibchen durch eine in der Regel sinnlose und absurde Handlung zu imponieren. Manche Ziermenschen, heben zu diesem Zweck schwere Steine und tragen sie quer durch das Terrarium, andere klettern auf die Abdeckung einer hohen Behausung und winken und schreien von dort aus.

Wieder andere tauchen im Pool ab, durchtrennen das Fangnetz und schwimmen ins Freiwasser, um aus der Tiefe Korallenäste oder Muschelschalen zu bergen und sie dem beworbenen Weibchen zu bringen. Nicht selten ertrinken balzende Ziermenschen bei solch einer Aktion oder werden Opfer von Raubkrabben oder anderer Meeresräuber, die vor dem Ausstiegsloch auf eine solche Gelegenheit lauern. Da es sich meist um wertvolles Zuchtmaterial handelt, sollten Sie auf einsetzendes Balzverhalten reagieren und gegebenenfalls rechtzeitig eingreifen.

- Es werden Fertigkeiten, wie akrobatisches Turnen, Singen oder Pfeifen ausgeübt. Dabei wird ebenfalls viel Gebiss gezeigt.

- Manche kräftig gebaute Männchen entkleiden sich, wobei nur noch der Geschlechtssporn von Tangblättern verdeckt wird, reiben ihren Körper mit Öl ein und spannen ihre Muskeln seltsam verkrampft an.

Ziel aller Bemühungen ist es, die Aufmerksamkeit des Weibchens zu erlangen.

Die Intensität des männlichen Balzverhaltens ist für uns absolut unverständlich, da das umworbene Weibchen längst seine Wahl getroffen hat. Dennoch versuchen die meisten Weibchen die Balzzeit dadurch zu verlängern, dass sie eine Annäherung des Männchens über längere Gezeit hin abwehren. Vielleicht, so vermutet fisch, dient dieses Verhalten dazu, die Ausdauer des Bewerbers zu prüfen. Nur starke und ausdauernde Männchen garantieren eine gesunde Brut.

Werben mehrere Männchen um die Gunst eines Weibchens, kommt es nicht selten zu Kämpfen. Zunächst sind es meist nur Schaukämpfe, die aber, wenn ein Kontrahent seine Unterlegenheit nicht anerkennt, zu ernsthaften Verletzungen bis hin zum Tötungsakt führen können. Hier müssen Sie sofort eingreifen, um keinen finanziellen oder züchterischen Schaden zu erleiden.

Kommt es zur Annäherung, wird die Paarungsbereitschaft durch einen Kuss besiegelt. Dabei pressen Männchen und Weibchen die Mäuler aufeinander und schieben die störenden Nasen aneinander vorbei. Es wurde beobachtet, dass die Zunge dabei zum Teil in das offen stehende Maul des Partners gedrückt wird. Gleichzeitig wird mit den Händen der Körper des Partners abgetastet. Dabei wird das Gesäuge des Weibchens untersucht, wahrscheinlich daraufhin, ob es die Brut ausreichend ernähren kann. Durch Grunzlaute wird die Paarungsbereitschaft angezeigt. Alles Nachfolgende wird im Kapitel "Paarung" beschrieben.

Rudimentäre Ausdrucksformen eigenständig kreativen Schaffens

Ziermenschen sind, wie Sie sicherlich aus dem Vorangegangenen herausgelesen haben, durchaus in der Lage, sich nicht nur mit ihrer Umwelt auseinanderzusetzen, sondern auch auf sie einzuwirken und sie auf ihre Art umzugestalten. Darüber hinaus scheinen sie zur Reflexion von Erlebtem fähig zu sein, sowie dies auch zum Ausdruck bringen zu können. Handlungen, die sich nicht auf die unmittelbare Gegenwartsituation der Ziermenschen bezogen oder zu ihrem Überleben notwendig waren, wurden früher als belustigende Absonderlichkeiten oder Verhaltensstörungen beurteilt. Neuere Erkenntnisse belegen jedoch, dass es sich dabei nicht selten um rudimentäre Ausdrucksformen von kreativem Gestalten handelt. Sollten weitere Beweise für solche Fähigkeiten unserer Ziermenschen erbracht werden, wird die gesamte Ziermenschenhaltung und -zucht damit unter moralischen Gesichtspunkten äußerst fragwürdig. Die nachfolgende Beschreibung kreativer Fertigkeiten soll zum Nachdenken anregen:

- Ziermenschen sind in der Lage, durch kontrolliertes Ausstoßen von Tönen sinnvolle Klangreihen zu erzeugen (Singen), denen eine gewisse Harmonie nicht abgesprochen werden kann.

- Ebenso werden durch Zupfen, Blasen oder Schlagen unterschiedlichster Gegenstände Geräusche erzeugt, die,

80

aneinandergereiht, harmonisch sind und oft, mit den Singtönen vermischt, eine melodische Einheit bilden.

- Ziermenschen haben die Fähigkeit, mittels selbst gepresster und eingedickter Pflanzensäfte aus Pflanzen, mit Wasser verrührter Asche oder zerstoßener Kalksteine Umrisse von Gegenständen oder auch Artgenossen auf Tangblättern zweidimensional wiederzugeben (Malen).

- Einzelgänger unter den Ziermenschen üben sich manchmal in der Technik, mit Hilfe angespitzter Binsenstängel und dunklem Pflanzensaft Kreise und Striche über unzählig aneinander geheftete Tangrollenblätter zu verteilen (Schreiben). Einige Ziermenschenforscher behaupten, dass die Ziermenschen diese Zeichen auch in Laute umsetzen können. Wenn in dieser Behauptung tatsächlich auch nur eine Spur von Wahrheit enthalten ist, hat das Schreiben (im Hinblick auf die Intelligenz der Ziermenschen) eine wesentlich größere Bedeutung, als wir ihm bisher zugestanden haben.

Bei allen beschriebenen "kreativen" Tätigkeiten besteht die Gefahr, dass sich die Ziermenschen von der Horde absondern und ihr Leben nur noch damit verbringen wollen.
Greifen Sie stets ein, wenn dadurch das Zuchtziel bedroht wird oder bei den jeweiligen Exemplaren eine Geistesverwirrung droht. Erste Anzeichen sind die erwähnte Absonderung von der Herde, ständiges Aneinanderreihen von Tönen, eine eigenartige Körpergestik und übermäßiger Genuss vergorener Pflanzensäfte.

Formen des Zusammenlebens und die Auswirkung auf die Nachzucht

Die Grundform einer Ziermenschengemeinschaft ist die Kleinhorde, bestehend aus einem Paar und dem dazugehörigen Nachwuchs. Eine

Kleinhorde passt sehr gut in den Themenpark Stadt und fühlt sich in den oft wie Schachteln aussehenden Verschlägen recht wohl. Viele Züchter beginnen Ihre Zucht mit einer Kleinhorde und stocken diese dann nach und nach mit weiteren Kleinhorden auf. Hier ist Vorsicht geboten: Eine zu hohe Besatzquote zahlt sich nicht aus!

Eine Kleinhorde sollte nach Möglichkeit nicht auseinander gerissen werden, solange die Brut noch nicht selbständig ist. Der Nachzucht sollte auf jeden Fall die Möglichkeit gegeben werden, eine gewisse Größe zu erreichen, ehe sie zum Verkauf aus dem Terrarium genommen wird. Auf Grund neuerer Erkenntnisse wird das Alter, in dem die Trennung der Nachzucht von den Eltern vollzogen werden kann, auf etwa 50 Monde festgelegt.

Ziermenschen tauschen manchmal ihre Weibchen aus, so dass neuen Paarkonstellationen entstehen. Hier sollten Sie nur eingreifen, wenn Ihre Zuchtvorstellungen damit grundsätzlich nicht harmonieren oder die Gefahr von Inzucht besteht.

Wenn die Brut einer Kleinhorde nicht ausgesondert wird, entwickelt sich mit der Zeit ganz automatisch eine Großhorde. In einer Großhorde leben mehrere Generationen zusammen. Der Anführer wird entweder aufgrund seines hohen Alters oder anderer besonderer Eigenschaften gewählt.

Wenn Sie nicht rechtzeitig eingreifen, kann eine Großhorde bis zur Unüberschaubarkeit anwachsen. Hier kann fisch die Horde durchaus in Untergruppen aufteilen und einige weniger zufriedenstellende Einzelexemplare veräußern. Aber Vorsicht! Manchmal reagiert eine ganze Horde mit Trauer, wenn nur ein Exemplar von ihnen verkauft wird. Sorgen Sie in einem solchen Fall für Ablenkung (z.B. die Umgestaltung des Themenparks), damit der ausbrechende Trübsinn nicht die Deckrate drückt.

Immer wieder erstaunlich ist es mit anzusehen, wie sehr eine Horde gegen äußere Einflüsse zusammenhält. Bei drohender Gefahr stellt sich das Pärchen bis zur Selbstaufgabe vor die Brut.

Nur wenn Männchen oder Weibchen vergorenen Pflanzensaft in größeren Mengen zu sich zu nehmen (er enthält berauschende Bestandteile, die zu schwerwiegenden Verhaltensänderungen führen können) und ihre Umwelt darüber vernachlässigen, wird auch die Brutpflege immer mehr unterlassen.

Verhindern Sie daher rechtzeitig den regelmäßigen Konsum dieser berauschenden Substanzen, für die manche Ziermenschen sehr anfällig sind und deren Auswirkungen (durch die allmähliche Zerstörung des Gehirns sowie der inneren Organe) bis zum Eingehen führen können. Als Richtmaß gilt für jeden ausgewachsenen Ziermenschen nicht mehr als eine Muschelschale voll vergorenem Saft pro Gezeit. Weibchen scheinen weniger davon zu vertragen und sollten während der Trächtigkeit keinen Schluck davon trinken, denn er schädigt die Frucht!

Ernährung

Ziermenschen sind Allesfresser und gleichen damit den (ohne ihnen damit auf die Flossen treten zu wollen) gründelnden Karpfen, die alles Verwertbare aus dem Schlamm heraus ziehen. Hungernde Ziermenschen sieht fisch oft damit beschäftigt, die Abfallhaufen und die Umgebung der Verschläge nach Fressbarem zu durchwühlen.

Sie können sich aber auch sehr schnell, wenn wir ihnen zuviel an Nährstoffen anbieten, zu nervenaufreibenden Feinfressern entwickeln, die nahezu alles, was ihnen angeboten wird, verschmähen, bis sie die erwarteten Leckerbissen (z.B. Tangherzen oder das begehrte Fleisch toter Krabben) erhalten.

Geben Sie ihnen niemals das Fleisch ausgemusterter Ziermenschen! Sie fördern damit den Kannibalismus, der ohnehin in jedem Ziermensch verdrängt vorhanden ist und immer wieder aufflackert, wenn das Nahrungsangebot einmal zu schmal bemessen sein sollte.

Die Ernährung sollte so ausgewogen sein, dass die Ziermenschen weder verwöhnt werden, noch unter einem Mangel leiden.

Es hat sich bewährt, alle 5 Gezeiten eine Nullgezeit und alle 10 Gezeiten eine Doppelnullgezeit einzulegen. Dabei wird kein Futter sondern nur frisches Wasser angeboten. Diese reinigende Diätmaßnahme beugt der Verfettung mit damit häufig gekoppeltem Pigmentverlust sowie Unfruchtbarkeit vor.

Ein weiterer Vorteil der Nullgezeiten ist, dass die Ziermenschen danach wieder Hunger haben und auch wieder Nahrungsmittel fressen, die sie zuvor verschmäht hatten (z.B. die nicht sehr beliebten Algen oder Planktonsuppen, die nach wie vor die Grundlage der Ziermenschen-Ernährung bilden sollten). Füttern Sie nur so viel auf einmal, wie auch wirklich auf der Stelle gefressen wird. Nur so verhindern Sie, dass sich Futterreste ansammeln, die in irgendeiner Ecke des Terrariums vergammeln und die Luftqualität verderben. Verfüttern Sie die Nahrungsmittel, die am wenigsten beliebt (und meistens besonders gesund) sind, zuerst und geben Sie erst dann, wenn diese restlos verspeist worden sind, einige Leckereien als Belohnung dazu.

Füttern Sie immer zur gleichen Zeit und nur einmal pro Gezeit. Sie können das Futter mit einer Futterschleuder, deren verlängerter Ausführungsgang durch den Pool ins Innere des Terrariums reicht, auf dem Boden ausstreuen. Die Ziermenschen sammeln es dann mit Hilfe bereitgestellter Muschelschalen auf. Dabei kommt es jedoch zu einer erheblichen Verschmutzung der Nahrung, wodurch die Infektionsgefahr steigt. Als geeigneter haben sich wasserdicht verschlossene Muschelschalen erwiesen, die ebenfalls durch den Pool von Putzkrabben eingeschleust werden. Das selbstständige Öffnen der Schalen im Innern des Terrariums wird von den meisten Ziermenschen schnell erlernt.

Eine ausgewogene Ernährung (das kann nicht oft genug betont werden) ist das A und O einer erfolgreichen Zucht. Ziermenschen benötigen stets frisches Gemüse, Tang, Algen, pürierte oder gehäckselte Quallen, so sehr sie sich auch gegen diese Fütterungsgrundlage sträuben mögen. Ebenso wichtig ist Eiweiß in Form von eingedicktem Planktonbrei.

Vorsicht: Nacktschnecken, so sehr sie auch als Delikatesse beliebt sind, ersetzen niemals eine ausgewogene Fütterung und rufen unter Umständen Durchfall hervor!

Achten Sie auf hochwertige Qualität und Frische bei der Auswahl des Futters für Ihre Ziermenschen. Der Darm dieser empfindlichen Trockenwesen reagiert mit Entzündung und Durchfall auf verdorbenes oder gar gärendes Futter. Denken Sie daran, dass sich das Futter in der Luft und bei den im Terrarium relativ hohen Temperaturen sehr schnell zersetzt.

Kannibalismus, und sei es nur das Anknabbern von Gliedmaßen eingegangener Ziermenschen, ist in jeder Form augenblicklich zu unterbinden. Achten Sie darauf, dass Kadaver nicht zu lange herumliegen, damit dieses Problem erst gar nicht auftritt.

In diesem Zusammenhang soll nochmals auf den Ursprung der Ziermenschen hingewiesen werden. Wir wissen, dass ihre Vorfahren alle anderen Geschöpfe des Trockenlandes (wie auch uns) einst gejagt, zu Tode gequält und viele Spezies fast völlig ausgerottet haben. Dieses grausame Erbe steckt auch heute noch in jedem Ziermensch, so possierlich und harmlos er auch jetzt aussehen mag.

Daher gilt der unumstößliche Grundsatz:

Füttern Sie niemals Fleisch von Lebewesen aus der Trockenwelt, um die in ihnen schlummernde Gewalt und Grausamkeit nicht zu wecken!

Da die Reinlichkeit vieler Ziermenschen sehr zu wünschen übrig lässt, sollten Futterplätze und Näpfe immer wieder auf Sauberkeit hin überprüft werden. Manche Ziermenschen urinieren und koten gerne in die Futternäpfe ihrer Artgenossen. Um dies zu unterbinden, hat es sich bewährt, Putzkrabben streng, wenn nötig unter Einsatz ihrer Scheren, durchgreifen und die unsauberen Exemplare vor der versammelten Horde bloßstellen mit Quallenschleim abschrubben zu lassen. Vielleicht empfinden auch Ziermenschen so etwas wie Scham. Auf jeden Fall werden auf diese Weise gemaßregelte Ziermenschen niemals wieder rückfällig.

Fertigfutter

Industriell produziertes Fertigfutter wird zur Fütterung von Ziermenschen immer häufiger eingesetzt. Die Firmen, die die dieses "Kunstfutter" in den unterschiedlichsten Geschmacksrichtungen auf den Markt bringen, verunsichern viele Ziermenschenhalter durch Werbung und pseudowissenschaftliche Veröffentlichungen mit der Behauptung, dass selbsthergestelltes Futter einseitig sei und zu schweren Mangelerscheinungen bei den Ziermenschen führen würde. Lassen Sie sich durch diese Flosselei nicht manipulieren, denn Sie können sicher sein, dass jegliches Industriefutter in Dosen oder als Trockenfabrikate zumeist aus Abfällen hergestellt wird. Durch Geschmacksverstärker und Farbstoffe werden diese Abfälle so aufbereitet, dass sie für Ziermenschen nicht nur genießbar werden, sondern diese regelrecht süchtig auf die Produkte machen. Das Ziel dabei ist, den Gewinn zu maximieren. Wagen Sie es doch einmal und tunken Sie Ihren Mund in eine Dose mit Ziermenschenfutter. Sie werden nach dieser Kostprobe verstehen, von was ich flossele und was wir unseren Ziermenschen mit einem solchen Futter antun.

Wenn Sie keine Zeit oder Möglichkeit haben, frische Lebensmittel zu besorgen und zu verfüttern, empfiehlt es sich, auf zu Eisblöcken gefrorenes Frischfutter zurückzugreifen. Die tief gefrorenen Lebensmittel sind in ihrem Vitamingehalt fast dem Frischfutter gleichzusetzen. Überprüfen Sie jedoch nach dem Auftauen die Qualität solcher Tiefkühlware, bevor Sie sie verfüttern. Es kommt immer wieder vor, dass das eingefrorene Futter verdorben ist, weil die Kühlkette vom Groß- zum Einzelhandel unterbrochen und die Ware teilweise angetaut und dann wieder eingefroren wurde.

Ziermenschen, die ausschließlich mit frischem Futter ernährt werden, sind selten krank. Ist eine reine Roh- und Frischfütterung aus Zeitgründen nicht möglich, sollten möglichst viele frische Futterbestandteile dem Fertigfutter beigemengt werden.

Schon ein paar frisch gerupfte Algensprösslinge werten das Kunstfutter erheblich auf. Schnecken sind immer beliebt, nicht nur als Nacktschnecken (Vorsicht Durchfall!), sondern auch die Gehäuse, die zerstoßen oder zermahlen wichtige Mineralienlieferanten für Ihre Ziermenschen sind. Es lohnt sich, die Mühe auf sich zu nehmen, in entfernten Klippen junge Algensprossen und Tangblätter zu sammeln, die noch nicht mit Schadstoffen belastet sind. Ihre Ziermenschen werden es Ihnen durch Gesundheit und reger Fortpflanzungsfreude danken.

Manche alte Ziermenschen können größere Futterbestandteile oft nicht mehr kauen, weil ihnen die Zähne ausgefallen sind. Wenn Sie diese Exemplare nicht entsorgen wollen, dann bieten Sie ihnen ein pulverisiertes Futter aus Quallenschleim und Tang an, das mit etwas Wasser zu einem Brei angerührt und bequem aus Muschelschalen geschlürft werden kann.

Gleiches gilt für neu geworfene Ziermenschen, die aufgrund einer Krankheit oder nach dem Eingehen der Mutter nicht gesäugt werden können. Frisch Geworfene erhalten zunächst den gepressten Saft aus Algenstängeln und können dann nach und nach auf angerührte Pulvernahrung umgestellt werden. Ebenso eignet sich eine solche Breinahrung, um schwer erkrankte Ziermenschen wieder aufzupäppeln, sofern sich der Aufwand finanziell rechnet.

Da Ziermenschen sehr schnell verfetten, ist das Futter spätestens dann zu reduzieren, wenn Sie deutliche Ausbuchtungen in der Bauchregion (außer es handelt sich um ein trächtiges Weibchen) bemerken. Bei einem normalgewichtigen Ziermenschen sollten die Rippen deutlich sichtbar sein. Verfettungen beeinträchtigen immer die Gesundheit! Verfettete Ziermenschen sind meist wenig fruchtbar und gehen schnell an Herzversagen ein. Halbieren Sie daher bei den ersten Anzeichen einer Verfettung die Futtermenge so lange, bis wieder normale Körperproportionen erreicht worden sind.

Ziermenschen lieben es, sich aus dem angebotenen Futter besondere Speisen zuzubereiten. Sie verfügen über erstaunliche Fähigkeiten, aus Pflanzen, die mit der Zeit wild im Terrarium wuchern (Brennnessel, Löwenzahn, Distel, Kresse, Bärlauch) Salate zusammen zu stellen, Suppen zu kochen, soweit sie über eine Kochplatte verfügen, oder das Futter mit diesen Pflanzen schmackhafter zu würzen. Oft ist das Kochen und Essen einer Mahlzeit ein Einleitungsritual für die Kopulation. Aus diesem Grund hat sich die Förderung der Kochleidenschaft für eine erfolgreiche Zucht als günstig erwiesen.

Erlauben Sie Ihren Ziermenschen jedoch wegen der drohenden Brand- und Erstickungsgefahr (Kohlenmonoxidbildung) niemals offenes Feuer im Terrarium. Stellen Sie ihnen alternativ eine Heizplatte zur Verfügung, die nur so heiß werden darf, dass sich daran nichts entzünden kann.

Zur Belohnung bei guter Fruchtbarkeit oder als kleiner Trost, wenn Ziermenschen aus der Horde verkauft oder entsorgt werden mussten, hat sich Obst (aus der Trockenwelt importiert) bewährt. Ziermenschen sind ganz verrückt darauf.

Wenn Sie Ihren Gästen bei der Zuchtschau etwas Besonderes bieten wollen, lassen Sie Ihren Ziermenschen von Putzkrabben Obststücke zeigen. Um an diese begehrten Fruchtstücke zu kommen, werden die Ziermenschen besonders eindrucksvoll tanzen, singen, malen oder akrobatische Übungen vollbringen. Besonders lustig ist es, sie in den Pool springen und nach Obststücken tauchen zu lassen, die von Putzkrabben zuvor hineingeworfen wurden.

Trinkwasser

Obwohl es unzählige Veröffentlichungen zu diesem Thema gibt, hat es sich doch noch nicht überall herumgeflosselt, dass Ziermenschen kein Salzwasser als Trinkwasser vertragen. Bereits leichte Verunreinigungen des Trinkwassers mit Meerwasser sind für Ziermenschen nicht bekömmlich und können zu Durchfällen, verbunden mit schwächender Auszehrung, führen.

Das Missverständnis, dass man Ziermenschen allmählich an die Aufnahme von Salzwasser gewöhnen könne, da ihr Blut in seiner Zusammensetzung dem Meerwasser entspreche, lässt sich leider immer noch nicht trotz aufwendiger Aufklärungskampagnen ausrotten.

Immer wieder werden mir Berichte von Zuchtwarten zugetragen, in denen die Folgen ausschließlicher Tränkung von Ziermenschen mit Salzwasser dokumentiert wurden.

Die bedauernswerten Geschöpfe erbrachen sich, verweigerten die weitere Aufnahme des Wassers und gingen schließlich ein. Selbst wenn Verdursten droht, wird kein Ziermensch freiwillig Meerwasser trinken.

Machen Sie doch einmal die Probe: Lassen Sie einem Ziermenschen, den Sie über eine Gezeit dürsten ließen, durch Putzkrabben etwas Meerwasser einflößen und schauen Sie ihm dabei ins Gesicht. Der Widerwille gegen das Salzwasser ist, wenn Sie mit der Mimik von Ziermenschen ein wenig vertraut sind, deutlich zu erkennen. Meist wird er das Wasser unverzüglich ausspucken.

Das Trinkwasser muss nicht nur salzfrei, sondern auch frisch und ohne schädliche Beimischungen sein. Es darf keinerlei Verschmutzungen wie Sand, Kot oder größere Pflanzenteile beinhalten, sowie keine Verfärbungen und keinerlei aufdringlichen Beigeschmack aufweisen. Wird es zu lange gelagert, kann es durch Algenbildung und Bakterienvermehrung brackig werden. Brackiges Wasser wird von Ziermenschen nur zögernd aufgenommen.

Durch Fäkalien verunreinigtes Trinkwasser ist sofort auszuwechseln, um lebensgefährlichen Darmerkrankungen vorzubeugen.

Beachten Sie, dass Ziermenschen, genauso wie wir, zu 80% aus Wasser bestehen, in ihrer Luftatmosphäre schnell austrocknen und dabei schrumplig und unansehnlich werden. Zudem besitzen sie zur Temperaturregulierung zahlreiche, über die ganze Körperoberfläche verteilte Schweißdrüsen, wodurch sie (abhängig von Temperatur und körperlicher Aktivität) enorme Flüssigkeitsmengen verlieren können.

Lassen Sie stets Muschelschalen mit frischem Wasser aufstellen, die für alle Ziermenschen erreichbar sind - oder errichten Sie Orte mit fließendem Wasser, sei es in Form eines Springbrunnens oder eines rieselnden Baches mit kleinem Tümpel.

Doch Vorsicht: Gerade solche Orte werden gerne mit Fäkalien verschmutzt und bedürfen einer eingehenden Kontrolle. Wenn Sie einzelne Ziermenschen beim Verschmutzen der Wasserstellen ertappen, müssen Sie streng durchgreifen. Als wirksame Erziehungsmaßnahme hat sich die Einzelhaltung bei Nahrungsentzug und Dunkelheit für 2-3 Gezeiten erwiesen. Niemals dürfen Sie jedoch als Strafmaßnahme das Süßwasser zum Trinken gegen Salzwasser austauschen! Hier schiebt das Ziermenschen-Schutzgesetz einen klaren Riegel vor!

Als Grundbedarf werden pro Ziermensch und Gezeit etwa 1/20tel seines Körpergewichtes veranlagt. Bei hoher Strahlungsintensität der Beleuchtungskörper und damit höherer Umgebungstemperatur im Terrarium sowie bei körperlicher Betätigung der Ziermenschen (z.B. Sport, Kopulation) kann sich der Bedarf an Wasser auf das doppelte bis dreifache des Grundbedarfs erhöhen.

Getränkezusätze, wie sie jetzt im Überfluss im Handel angeboten werden, bedarf es in der Regel nicht! Weder süße, noch säuerliche Zusätze, und schon gar nicht die in Mode gekommenen Zusätze mit farblich getöntem Fleisch-,

Blut- oder gar Ziermenschen-Geschmack sollten verwendet werden. Diese Zusätze sind oft der Gesundheit Ihrer Horde abträglich, führen zu Leistungsminderung und Impotenz.

Zum Aufnehmen des Trinkwassers sollten stets saubere und geeignete Gefäße aus geschmacklich neutralem Material, wie z.b. gut gereinigte Muschelschalen oder Tüten aus gerollten Tangblättern, bereit stehen.

Zur Körperpflege und zum Reinigen des Terrariums reicht Meerwasser natürlich vollkommen aus. Es hat sich jedoch gezeigt, dass sich Ziermenschen besser entwickeln, wenn ihnen auch zur Körperpflege Süßwasser zur Verfügung gestellt wird. Allerdings benötigen Sie dann eine zur Gezeit noch relativ teure Entsalzungsanlage, um das Vielfache an Süßwasser, das dazu benötigt wird, bereitstellen zu können.

Getränke aus vergorenen Pflanzensäften sollten nicht ins Terrarium eingebracht werden. Manche Ziermenschen verfügen jedoch über erstaunliche Fähigkeiten aus der Urmenschzeit und sind in der Lage, Gärsäfte selbst herzustellen.

Ob Sie dies in Ihrem Terrarium dulden, bleibt Ihnen freigestellt. Der Genuss vergorener Pflanzensäfte hat viele Nachteile:

- Die Männchen sind häufig nicht mehr in der Lage, den Geschlechtssporn auszuschachten.

- Die Ziermenschen verlieren oft die Orientierung sowie das ohnehin auf den zwei dünnen Stelzen schlecht austarierte Gleichgewicht und können sich verletzen. Nicht selten fallen Ziermenschen nach übermäßigem Konsum von Gärsäften in den Pool und ertrinken.

- Die Säfte wirken als Stimmungsverstärker. Das kann zu ausgelassenen, für Sie und Ihre Gäste bei einer Zuchtschau belustigenden Verhaltensweisen führen, aber auch zur Verstärkung von Aggression mit Gewalttaten und gegenseitigen Tötungen.

90

- Regelmäßige Aufnahme von vergorenen Pflanzensäften führt zu Charakteränderungen und Ausschluss einzelner Ziermenschen aus der Horde.

Überlegen Sie sich daher ganz genau, ob die kurzzeitige Belustigung durch mit Gärsäften im Übermaß versorgte Ziermenschen die Nachteile, die daraus entstehen, auch wirklich aufwiegt.

Gesundheit

Vorbeugung

Neben einer vollwertigen Ernährung ist die regelmäßige sportliche Ertüchtigung eine wichtige Vorbeugemaßnahme für die Gesunderhaltung Ihrer Ziermenschen. Der Handel bietet Sportgeräte an, die oft mehr der Optik dienen, als dass sie tatsächlich einen Nutzen haben und daher nicht immer zu empfehlen sind. Fahrräder (zwei mit einer Stange verbundene Räder) eignen sich nur bei genügend großen Terrarien, die über befestigte Wegstrecken verfügen. Laufräder und Kletterwände werden oft nach kurzer Benützung nicht mehr beachtet.

Ein Areal befestigter Wege, in ovaler Form oder als Kreis angelegt, wird gerne genutzt, um Ziermenschen, je nach Kondition, mehr oder weniger schnell laufen (joggen) zu lassen. Einfache Gegenstände, wie Perlen oder leere Seeigelschalen, die sich die Bewohner des Terrariums gegenseitig zuwerfen können, oder Tangseile, die aufgespannt zu überspringen sind, werden ebenso gerne angenommen. Wenn Sie unterschiedlich schwere Kiesel oder kleinerer Felsbrocken zur Verfügung stellen, wird es nicht lange dauern, bis sich einige Männchen darin üben, diese zu stemmen. Solche Kraftübungen sind sehr förderlich für die Ausbildung einer guten Muskulatur.

Achten Sie bei allen körperlichen Betätigungen Ihrer Schützlinge auf mögliche Verletzungsgefahren. Ziermenschen sind sehr zart und zerbrechlich. Knochenbrüche heilen schlecht und haben oft Gliedmaßenverkrümmungen zur Folge, wodurch die Ziermenschen für

Ausstellungen unbrauchbar werden. Da durch Verletzungen entstandene Verunstaltungen nicht vererblich sind, können solche Exemplare noch weiter zur Zucht verwendet werden, sofern sie die Kopulationsfähigkeit nicht eingebüßt haben. Ansonsten sollten sie ausgemerzt werden.

Ziermenschen müssen regelmäßig entwurmt werden, besonders bei häufiger Verfütterung von Nacktschnecken, da diese Schnecken Würmer übertragen können. Alle drei Monde sollten wertvolle Zuchtexemplare einem Ziermenschenarzt vorgestellt werden, um den Gesundheitszustand und die Zuchtfähigkeit zu überprüfen.

Nicht nur vor dem Einsetzen von Neuerwerbungen, sondern auch dann, wenn Sie sich nicht sicher sind, ob eine ansteckende Krankheit in Ihrer Zucht ausgebrochen ist, sollte eine Quarantäne streng eingehalten werden. Nach einer Beobachtungszeit von mindestens 8 - 12 Gezeiten wissen Sie, ob von einzeln abgetrennt gehaltenen Ziermenschen eine Gefahr für die Horde ausgeht oder nicht.

Krankheiten

Es würde den Umfang dieses Ratgebers sprengen, alle Ziermenschenkrankheiten zu beschreiben. Die wichtigsten Erkrankungen sollten jedoch jedem Halter und ganz besonders jedem Züchter bekannt sein und werden daher nachfolgend in alphabetischer Reihenfolge behandelt:

Aids

Es handelt sich bei Aids (Herkunft der Bezeichnung unklar) um eine beim Deckakt übertragene und hoch ansteckende Krankheit, die nach längerem Siechtum zumeist zum Tode des betroffenen Ziermenschen führt. Jede Erkrankung mit unspezifischen Symptomen kann Aids sein. Achten Sie beim Kauf auf knotige und häufig schwarz verfärbte Hautveränderungen in Form von Flecken oder Schwellungen unter der Haut im Achsel- und Leistenbereich. Solche Veränderungen sind Zeichen von Aids im fortgeschrittenen Stadium. Eine Therapie, die zur völligen Genesung führt, gibt es nicht. Betroffene Ziermenschen müssen sofort von der Zucht ausgeschlossen werden, da sie durch den Deckakt die Erkrankung auf das Weibchen und auf die daraus entstehende Brut übertragen können. Inzwischen gibt es aussagekräftige Untersuchungsmethoden, um die Krankheit im Frühstadium zu diagnostizieren. Die Keulung (Tötung) und die unschädliche Beseitigung (Übergabe ins Freiwasser) der gesamten Horde (auch gesunder Ziermenschen) können vom Zuchtverband angeordnet werden, wenn die Erkrankung bei mehreren Exemplaren im Terrarium eines Verbandsmitgliedes ausbricht.

Alterskrankheiten
Krankheiten, die bei alten Ziermenschen gehäuft auftreten, sind zahlreich und vielfältig. chronische Gesundheitsstörungen, wie Knochenverkrümmungen oder aufgeschwollene Gelenke, sollten passionierte Züchter nur so lange dulden, bis durch sie die Fortpflanzungsfähigkeit beeinträchtigt wird. Ziermenschenliebhaber, die gerne Ihre Exemplare bis ins hohe Alter erhalten wollen, müssen wissen, dass Ziermenschen mit chronischen Erkrankungen vermehrter Pflege bedürfen, was mit einem hohen Zeitaufwand verbunden sein kann. Jeder Fisch muss für sich selbst entscheiden, ob er dies tatsächlich auf sich nehmen will und ob sich der Aufwand wirklich lohnt. Wenn Sie aus Gezeitenmangel nicht in der Lage sind, die zusätzliche Pflege zu gewährleisten, sollten Sie diese bedauernswerten alten Exemplare (bevor sie leiden) der Entsorgung zuführen. Laut Ziermenschengesetz sind Sie verpflichtet, Ihren Schützlingen längeres Leiden zu ersparen.
Akute Gebrechen (z.B. Knochenbruch, Zahnfäule) können auch bei alten Ziermenschen durch entsprechende Behandlung wieder ausheilen. Ob es gelingt, muss jedoch für jeden Einzelfach beurteilt werden. Hautfaltenbildung, vor allem im Gesicht, Pigmentverlust, sowie ein langsamerer, manchmal schleppender Gang sind eher Schönheitsfehler als Alterserkrankungen. Für Ziermenschenhalter mit "Forschergeist" kann die Dokumentation solcher Veränderungen sehr interessant sein.

Amöbenruhr

Die Amöbenruhr ist ein heftiger, explosionsartig abgesetzter und blutiger Durchfall. Der Kot stinkt sehr stark und ist schaumig. Diese Erkrankung wird von Kleinstlebewesen (Amöben) hervorgerufen, die sich im Darm der Ziermenschen ansiedeln und dort massive Schäden verursachen. Die Amöben werden durch verschmutztes Futter sowie durch infizierte Nacktschnecken in das Terrarium eingeschleppt und dann von Ziermensch zu Ziermensch durch mangelnde Hygiene (Kotschmiererei) weitergegeben.

Es gibt geeignete Präparate, die, in Quallenschleim eingerührt, die Amöben abtöten (fragen Sie Ihren Ziermenschenarzt). Anschließend sollte das gesamte Terrarium durch Hitzeanwendung (bis 90°C) desinfiziert werden.

Überlebende Ziermenschen bleiben oft geschwächt und müssen aufgepäppelt werden. Bei zu starker Auszehrung sterben Sie Ihnen trotz intensiver Bemühungen meist unter der Flosse. Um längeres Leiden zu vermeiden, sollten Exemplare unter einem bestimmten Körpergewicht (Überlebenstabellen erhalten Sie beim Ziermenschenarzt) rechtzeitig entsorgt werden.

Atemfaulheit

Unter Atemfaulheit wird das plötzliche Aussetzen der spontanen Atembewegungen, oft nach Sturz in den Pool und längerem Treiben im offenen Wasser, bezeichnet. Erste Hilfe: Rütteln, bis die Atmung wieder einsetzt.

Wenn das nicht hilft, kann fisch versuchen, durch Schockanwendung wieder Leben in den atemfaulen Ziermenschen zu bringen:

- Werfen Sie ihn erneut in den Pool, aber ziehen Sie ihn gleich wieder heraus

- Stellen Sie den Ziermenschen auf den Kopf

- Schlagen Sie ihm fest mit der Flosse ins Gesicht

- Wenden Sie einen beherzten Zangengriff durch Putzkrabben (am besten im Gesäß) an

Alle Anstrengungen können eingestellt werden, wenn sich Haut, Maulschleimhaut und Zunge blau verfärben und/oder Schaum aus den Nasenlöchern austritt. Dann ist der Ziermensch tot.
Setzt die Atmung nach den genannten Hilfsmaßnahmen wieder ein, muss der Ziermensch mit überstrecktem Hals seitlich gelagert werden, so dass das in den Schlund eingetretene Wasser wieder abfließen kann. Wenn sich die Atemgeräusche rasselnd anhören, ist die Prognose für eine Wiederherstellung zweifelhaft.

Augenleiden
Augenleiden erkennt fisch an verklebten Lider mit eitrigem Ausfluss aus der Lidspalte. Täglich ein - bis zweimal durchgeführte Augenspülungen mit Kelpwurzelsaft bewirken hier oft Wunder. Um die Augen zu schonen und den Heilungsprozess zu beschleunigen, werden Augenklappen aus aufgequollenen Tangblättern empfohlen, die den betroffenen Ziermenschen Algenstängel vor die Augen gebunden werden. Bei Verlust eines oder beider Augen (z.B. durch einen Unfall) sollten Sie einen Ziermenschenarzt konsultieren. Er wird entscheiden, ob eine Behandlung oder besser die Entsorgung des Patienten sinnvoll ist.

Ballonbauch
Der Ballonbauch hat ein hässliches Erscheinungsbild, das, außer bei Trächtigkeit, bei überfetteten oder mit Tumoren befallenen Ziermenschen gesehen wird.
Bei Trächtigkeit löst sich das Problem von selbst. Ist Überfettung die Ursache des Ballonbauches, hilft die radikale Reduzierung der Nahrungsmenge.
Tumoren im Bauch können nur chirurgisch behandelt werden. Meist ist die Tumorkrankheit jedoch, ehe fisch sie bemerkt, so weit fortgeschritten, dass eine Operation sinnlos wäre.

Einen Sonderfall bildet der Ballonbauch (durch Nieren- oder Leberversagen) aufgrund von Wasseransammlung im Bauch. Dabei quillt die Haut des betroffenen Ziermenschen massiv auf. Alte Exemplare sehen für kurze Zeit dadurch fast wieder jung aus. Aber lassen Sie sich nicht täuschen: Die Prognose für eine Heilung ist aussichtslos. Die erkrankten Ziermenschen sollten umgehend schmerzlos getötet und entsorgt werden, um ihnen weitere Leiden zu ersparen.

Epilepsie

Diese Krankheit ist auch unter dem Namen Fallsucht bekannt und zeigt sich durch Krämpfe mit oder ohne Bewusstseinsverlust (nicht zu verwechseln mit Lach- oder Schreikrämpfen). Die betroffenen Ziermenschen fallen bei den Anfällen häufig auf den Boden und zappeln, wodurch der Name Fallsucht entstanden ist.

Epilepsie ist zwar nicht ansteckend, aber vererbbar. Aus diesem Grund müssen Epileptiker aus der Zucht genommen werden.

Ertrinken

Ein Ziermensch ertrinkt, wenn er sich länger (mehr als 10 Wellenphasen lang) unter Wasser befindet und der in den Lungen durch die Atemluft gespeicherte Sauerstoff aufgebraucht ist. Er verliert dann das Bewusstsein und schnappt reflektorisch nach Luft. Dabei gelangt Wasser über den Schlund in die Lunge, was sehr schnell zum Tod des Ziermenschen führt.

Wenn der Ertrinkende rechtzeitig in den Luftbereich gebracht wird und das eingedrungene Wasser wieder abfließen kann (siehe auch Atemfaulheit), besteht eine Chance auf Wiederherstellung. Bei einem Atemstillstand über mehr als 30 Wellenphasen sollten keine Wiederbelebungsmaßnahmen mehr durchgeführt werden. Das Gehirn des Ziermenschen ist nach dieser Zeit ohne Sauerstoff so stark geschädigt, dass er auch bei erfolgreicher Wiederbelebung für ein Leben im Terrarium, ganz zu schweigen zur Zucht, unbrauchbar wäre.

Hämorrhoiden

Hämorrhoiden sind kleine, längliche, manchmal blutende Auswüchse aus dem After von Ziermenschen, die ähnlich wie Barteln der Karpfen aussehen, aber keinerlei erkennbare Funktion besitzen. Sie entstehen bei zu kalten und zu feuchten Haltungsbedingungen und nach Fütterung mit zu stark eingedicktem Quallenschleim, wodurch nicht selten auch Verstopfung entsteht.

Solange die Hämorrhoiden nicht aufreißen, bluten oder durch Verschmutzung der Afterregion zu aufsteigenden Infektionen führen, sind sie eher lustig anzusehen, als wirklich gefährlich zu sein. Bei wiederholt auftretenden Entzündungen sollten sie jedoch von Putzkrabben abgeschnitten werden. Die dabei auftretenden Blutungen müssen umgehend gestillt werden. Ein zu hoher Blutverlust führt sonst zu lang anhaltender Schwäche.

Husten

Ein Husten äußert sich in explosiv einsetzenden, krachenden Geräuschen aus dem Maul. Dazu kann Gurgeln, Röcheln sowie eine blaue Verfärbung der Gesichtshaut auftreten. Oft ist der Husten mit Schnupfen, einem wässrigen oder schmierigen Ausfluss aus der Nase, sowie tränenden oder eiternden Augen vergesellschaftet.

Meist ist der Husten hoch ansteckend. Aus diesem Grunde sollten die betroffenen Ziermenschen in einem Quarantäneterrarium abgesondert werden. Bei Lungenentzündung und komatösen Zuständen ist eine baldige Entsorgung angezeigt. Wie bei allen Infektionskrankheiten müssen das Terrarium sowie die Einrichtungsgegenstände bis in jede Ritze mit Quallensaftkonzentrat desinfiziert werden.

Husten und Schnupfen entstehen hauptsächlich durch falsche Haltungsbedingungen. Kälte und trockene Luft fördern das Ausbrechen der Erkrankung. Überprüfen Sie daher regelmäßig die Temperatur und Luftfeuchtigkeit im Terrarium.

Bei den ersten Anzeichen von Husten oder Schnupfen bei einem Ziermenschen empfiehlt es sich, die Wärmelampen stärker einzustellen und die Luftfeuchtigkeit zu erhöhen, um weitere Krankheitsfälle zu vermeiden.

Die Temperatur im Quarantäneterrarium sollte insgesamt etwas höher als im normalen Terrarium sein. Die Fütterung von erkrankten Exemplaren erfolgt mit angewärmtem Quallenschleim, der mit frischen Algen- und Tangsprossen angereichert ist.

Bei kranken Ziermenschen ist die Körpertemperatur oft erhöht. Die Höhe der Temperatur gibt Auskunft über die Gefährlichkeit der Krankheit. Lassen Sie daher die Körpertemperatur bei erkrankten Ziermenschen regelmäßig durch Putzkrabben messen. Dazu wird ein Tangstrick in den Hintern des Patienten geschoben. Bleibt die grüne Farbe des Stricks bestehen, ist die Körpertemperatur normal. Kommt es zu einem Farbumschlag in den gelben Bereich, besteht Fieber.

Wenn das Fieber mehr als zwei Gezeiten andauert, ist es ratsam, einen Ziermenschenarzt einzuschalten.

Klumpfuß

Ein Klumpfuß ist eine dickliche Formveränderung eines der beiden Füße des Ziermenschen. Es handelt sich dabei entweder um eine angeborene Missbildung, oder, was wesentlich häufiger vorkommt, um die Folge von Zangenverletzungen durch unqualifizierte und aggressive Putzkrabben. Ein Klumpfuß ist eine ernsthafte und gefürchtete Beeinträchtigung der Beweglichkeit. Die Symptome reichen von leichtem Hinken bis hin zur völligen Gehunfähigkeit.

Der betroffene Fuß ist oft stark aufgetrieben. Nicht selten sieht fisch schwärzliche Hautverfärbungen, welche die gesamte Gliedmaße erfassen können. Eine Amputation könnte rein medizinisch zwar durchgeführt werden. Da Ziermenschen danach dennoch häufig verenden, ist eine solche Operation nicht ratsam. Wenn sich die betroffene Gliedmaße vollkommen schwarz verfärbt, ist das ein Zeichen, dass sie abstirbt. Das ist ein sehr langwieriger und schmerzhafter Prozess, so dass die schnellstmögliche Tötung des Patienten, schon allein aus Ziermenschenschutzgründen, erfolgen sollte.

Knochenbruch

Knochenbrüche treten häufig bei gewalttätigen Auseinandersetzungen der Ziermenschen untereinander, bei Unfällen durch schlecht gesicherte Einrichtungsgegenstände im Terrarium, sowie bei unsachgemäßem Transport auf. Da sie meist zu dauerhafter Verkrüppelung und damit zum Verlust der Deckfähigkeit führen, sind sie bei Ziermenschenhaltern- und Züchtern sehr gefürchtet.

Einen Knochenbruch erkennt fisch daran, dass der betroffene Körperteil schief zur Körperachse steht. Brüche verursachen möglicherweise starke Schmerzen. Die geschädigten Ziermenschen stoßen seltsame Laute aus, die fisch als Schmerzäußerungen deutet, und verlieren anfangs oft für einige Wellenphasen das Bewusstsein.

Bei offenen Brüchen stoßen die gebrochenen Knochenteile durch die Haut nach außen. Dabei können spritzende Blutungen auftreten. In einem solchen Fall muss die betroffene Gliedmaße oberhalb der Blutung abgebunden werden, um einen starken Blutverlust zu verhindern. Ein Ziermenschenarzt wird entscheiden, ob (eventuell durch eine chirurgische Behandlung) Chancen für eine befriedigende Wiederherstellung des Ziermenschen bestehen oder ob eher die schmerzlose Entsorgung ratsam erscheint.

Bei einem unkomplizierten Bruch (ohne Hautverletzung durch durchstoßende Knochenteile) wird die Gliedmaße zwischen zwei Tangstängel gelegt und mit Tangstricken oberhalb und unterhalb der Bruchenden umwickelt. In vielen Fällen führt dies, wenn auch leider nicht immer befriedigend, zu einer Heilung.

Schwarze Punkte

Besonders in der Kopf- und Körperbehaarung findet fisch manchmal bei Ziermenschen schwarze, bewegliche Punkte. Es handelt sich dabei um Blut saugende Insekten der Gattungen Floh, Milbe und Laus, die alle ziermenschenspezifisch sind und daher Putzkrabben und uns nicht befallen. Die Behandlung ist einfach:

Befallene Ziermenschen werden mit dem ganzen Körper in einen mit pürierten Quallennesseln gefüllten Bottich getunkt und dort so lange unter der Flüssigkeitsoberfläche belassen, bis Blasen aus dem Maul aufsteigen. Lassen Sie den Vorgang dreimal wiederholen, wobei darauf zu achten ist, dass die Ziermenschen jeweils zwischen den Tunkaktionen ein paar Atemzüge in der Luft des Terrariums machen können.

Die Aktion erfordert den Einsatz sehr kräftiger Putzkrabben, da die Ziermenschen sich gegen die Behandlung durch Zappeln, um sich Treten und sogar Beißen wehren.

Nach dem Behandlungsbad muss der nesselnde Schleim mit viel Wasser wieder vom Körper der Ziermenschen abgespült werden, um größere Hautschäden vorzubeugen. Ungefährliche Rötungen der Haut (manchmal so kräftig wie der Farbton von Rotkorallen) bleiben meist über mehrere Gezeiten bestehen.

Da die Insekten sehr schnell von einem zum anderen Ziermenschen überspringen, sollten grundsätzlich die ganze Horde sowie alle Einrichtungsgegenstände des Terrariums mit behandelt werden.

Stromschlag

Ziermenschen sind in der Regel nicht mit unserer ZGT (Zitterrochengalvanisiertechnik), mit der wir unter Wasser Strom erzeugen, vertraut.

Alle Strom führenden Kabel sollten daher ausreichend isoliert sein. Dennoch kommt es nicht selten zu Unfällen. Ziermenschen sind sehr neugierig und greifen mit den Händen alles, selbst frei liegende Kabel, an. Die meisten Todesfälle durch Herzstillstand sind bei Ziermenschen auf Stromschläge zurückzuführen.

Bei weniger dramatisch verlaufenden Fällen kommt es durch Einwirkung von Strom zu schweren Hautverbrennungen, die hässliche und entstellende Pigmentveränderungen zur Folge haben.

Als Erste-Hilfe-Maßnahme wird eine sofortige Kühlung der verbrannten Körperstelle empfohlen. Dazu lassen Sie den Ziermenschen am besten in den Pool werfen und einige Gezeit darin schwimmen. Danach wird er abgetrocknet und die verbrannte Haut mit einer Salbe aus zerstoßenem Mördermuschelkot eingerieben.

Suizidanten

Die Neigung zum Suizid (Selbstmord) ist im eigentlichen Sinn keine Krankheit. Suizidanten sind unter Neukäufen nicht selten (eine Rate von 10 - 15 % gilt als normal). Auch psychisch Kranke oder Trauernde sind vermehrt selbstmordgefährdet. Das Quarantäneterrarium für Neuzugänge sollte zu jeder Gezeit überwacht werden. Tangstricke, Stromkabel, Glasbehälter und andere Gegenstände, die zum Selbstmord benutzt werden können, sollten während der Quarantänezeit aus dem Terrarium entfernt werden. Der Zugang zum Pool muss überdeckt sein. Hygiene und Haltungsbedingungen spielen als Auslöser für den Selbstmord eine große Rolle.

Wenn mehrere Exemplare Ihrer Horde gefährdet sind, sollten Sie als erste Maßnahme die Beleuchtungsintensität erhöhen, für mehr Abwechslung (z.B. Umgestaltung des Themenparks) sorgen und die Haltungsbedingungen optimieren.

Wenn sich trotz aller Vorsicht ein Ziermensch selbst tötet, muss der Kadaver schnellstmöglich aus dem Terrarium entfernt werden, um Infektionen der Horde durch sich zersetzendes Gewebe zu verhindern.

Vor einigen Mondphasen wurde im Ziermenschenzüchterblatt von einem offensichtlich psychisch gestörten Ziermensch berichtet, der die gesamte Horde in einen Kollektivsuizid führte. Es handelt sich dabei bislang um einen Einzelfall von Hordenpsychose, der nicht dramatisiert werden sollte. Allerdings ist Vorsicht geboten. Ziermenschen neigen zu kollektiven Verhaltensänderungen (Gezeitengeist).

Weißflecken

Hier handelt es sich um ein Hygieneproblem. Die weißen Flecken auf der Haut mancher Ziermenschen bestehen aus Schimmel und entstehen durch mangelnde Körperpflege, verbrauchter, stickiger Luft und zu hoher Luftfeuchtigkeit.

Der Schimmel lässt sich mit einer Bürste leicht abschrubben. Danach sollten die betroffenen Ziermenschen mit dem Saft eines Essigbaums (aus dem Trockenland zu importieren) eingerieben werden. Verdünnen Sie den

Essigsaft mit Wasser im Verhältnis 1:10. Stärkere Mischungen reizen die empfindliche Haut der Ziermenschen und können Pigmentschäden hervorrufen. Tritt der Schimmel an behaarten Körperstellen auf, müssen die Haare vor der Behandlung von Putzkrabben entfernt werden.

Pocken

Pocken sind schrundige, oft blutig gekratzte, rundliche, manchmal aber auch weißlich-schuppige Areale auf der Haut, die gerne mit Weißflecken verwechselt werden. Diese Hautveränderungen sind jedoch Folgen einer schweren inneren Erkrankung, die zudem hoch ansteckend für andere Ziermenschen ist. Eine Behandlung pockenkranker Ziermenschen ist gesetzlich verboten. Die erkrankten Exemplare müssen unverzüglich ausgemerzt und unschädlich beseitigt werden.

Zahnfäule

Zahnfäule macht sich durch Fressunlust bis hin zur völligen Futterverweigerung bemerkbar. Die Futterbrocken fallen dem Ziermenschen schon beim ersten Versuch zu Kauen aus dem Maul. Die Wange ist meist einseitig stark aufgetrieben und speckig gerötet. Manchmal platzt sie nach außen oder innen auf, wobei sich gelblicher oder mit Blut vermischter Eiter entleert (Abszess). Das darüber liegende Auge kann dabei bis zur völligen Zerstörung in Mitleidenschaft gezogen werden. Der Kopf erscheint dann unförmig aufgebläht. Aus dem Maul stinkt es stark nach Verwesung. Hordenmitglieder halten sich daher meist von dem an Zahnfäule erkrankten Exemplar fern.

Betroffene Ziermenschen scheinen starke Schmerzen zu haben. Sie stoßen klagende und wimmernde Laute aus. Kühle Kompressen aus Tangrollen, die mit püriertem Seegurkenkot getränkt sind, wirken lindernd.

In der Regel wird nach einiger Zeit der befallene Zahn zusammen mit viel Blut ausgespuckt, worauf die Spontanheilung einsetzt. Wenn dies nicht eintritt, magern die Ziermenschen aufgrund der verminderten Nahrungsaufnahme sehr schnell ab und werden hinfällig. Ohne Behandlung gehen sie nach kurzer Zeit ein.

Beachte:

Ziermenschen mit Eitererkrankungen sind für den fischigen Verzehr nicht geeignet.

Therapie:

Aufschneiden des Eiterherdes durch die Zange einer für solche Tätigkeiten qualifizierten Putzkrabbe, Ausräumen und Spülen der Wunde sowie Aushebeln des erkrankten Zahns.

Vorsicht:

Ziermenschen besitzen sehr starke Kieferknochen. Ihr Biss ist immer infektiös. Daher dürfen Putzkrabben bei schmerzhaften Behandlungen an Ziermenschen den Selbstschutz nie vernachlässigen.

Zahnlose Ziermenschen brauchen, entgegen der üblichen Meinung, nicht unbedingt entsorgt zu werden. Sie sind meist bis ins hohe Alter noch zuchttauglich. Die Fütterung von Ziermenschen ohne Zähne erfolgt mit Quallenschleim und zerstoßenen Nacktschnecken in kleinen und öfters verabreichten Mengen.

Da in diesem Rahmen leider nicht alle Ziermenschenkrankheiten abgehandelt werden können, wird auf die entsprechenden Links im Wassernetz verwiesen. Besonders auf der Seite des Clubs der Ziermenschenfreunde (fff.cdzf.ow) (dieser Club besteht seit mehr als 100 Monden und erfreut sich ständig weiter wachsender Beliebtheit) finden Sie viele nützliche Anregungen und Möglichkeiten zum Erfahrungsaustausch.

Ich wünsche allen Ziermenschenliebhabern, -Haltern und -Züchtern, die vielleicht mit dieser Tangrolle für unser faszinierendes Hobby neu gewonnen werden konnten, ein herzliches **FISCH HEIL!**

Inhaltsangabe